MITOLOGÍAS

Manuel Vicent

MITOLOGÍAS

Ilustraciones **FERNANDO VICENTE**

ALFAGUARA

ALFAGUARA

© 2012, Manuel Vicent
© De esta edición:
2012, Santillana Ediciones Generales, S. L.
Torrelaguna, 60. 28043 Madrid
Teléfono 91 744 90 60
Telefax 91 744 92 24
www.alfaguara.com

ISBN: 978-84-204-0224-6
Depósito legal: M-13-001-2012
Impreso en España - Printed in Spain

© Diseño:
Proyecto de Enric Satué

© Ilustraciones de cubierta e interiores:
Fernando Vicente

PRISA EDICIONES

Índice

El cuerpo de Lee Miller, objeto encontrado

Éste es el caso de una mujer muy bella, que fue modelo, musa, fotógrafa y reportera de guerra, cuyo espléndido cuerpo no cesó de ser devorado por algunos hombres privilegiados de su tiempo mientras a su vez ella los destruía con su inocencia diabólica. Desde que a los ocho años fuera violada por un amigo de su familia, Lee Miller no logró distinguir el sexo del amor, pese a que sus padres la llevaran a un psiquiatra para que se lo explicara. De aquella violación salió con una gonorrea severa y los gritos de la niña, cuando la madre la curaba con irrigaciones dolorosas, llegaban a la calle por la ventana del cuarto de baño. Después fue una de esas adolescentes que tampoco consiguen explicarse por qué la belleza de la carne femenina se convierte a veces en un infierno en el que se abrasaban los vecinos de escalera, los tenderos del barrio y los profesores en el aula, y también su propio padre, fotógrafo aficionado, que la sorbió desnuda con su cámara en todas las posiciones imaginables sin detenerse en los límites del incesto. En efecto, Lee Miller fue una gran reportera de guerra, entre todas las de su oficio la que más de cerca desafió a los hierros en el desembarco de Normandía, y si lo hizo con un desparpajo suicida fue, tal vez, porque su cuerpo había sido desde niña su primer campo de batalla.

Había nacido en Poughkeepsie, Nueva York, en 1907, y con todo el esplendor juvenil de sus dieciocho años, después de ser expulsada del colegio y con un cuaderno de poemas en el bolsillo, esta rubia norteamericana realizó un primer viaje a París dispuesta a no perderse ninguna sensación. Desde el primer momento supo que en el futuro aquel lugar sería su verdadera patria. De vuelta a casa, primero fue modelo de la revista *Vogue* en Nueva York, en cuyas calles la había descubierto el fotógrafo Edward Steichen, quien, después de poseerla, le enseñó las primeras artes con la cámara. Pero fue en 1929 cuando Lee Miller, de regreso a París, cayó como un artefacto explosivo en medio de la dorada bohemia de Montparnasse y en esta primera descubierta fue pasando de unos brazos a otros bajo múltiples sábanas hasta que el fotógrafo norteamericano Man Ray capturó a esta salvaje y la hizo suya a cambio de enseñarle todos los últimos secretos de la fotografía. El cuerpo de Lee Miller se convirtió en un objeto de creación para la cámara de Man Ray. El artista lo desmembró en diversas partes y cada una de ellas se convirtió en un icono. Los labios de Lee Miller, un ojo, sus piernas, su espal-

da, sus glúteos, su cuello, su torso, su rostro, capta-
dos por separado, al sacarlos de contexto, según la
teoría estética de Duchamp, se convirtieron en objetos encontrados, en *ready-mades,* un concepto que
cambió la forma del arte de todo el siglo xx hasta
nuestros días. Pero al tiempo que el cuerpo de Lee
Miller se desestructuraba, su alma adquiría una
esencia perversa para el galante que tratara de ex-
plorarla más adentro de la carne. Jean Cocteau, que
la admiraba y no la deseaba, la convirtió en estatua.
Del lecho de Man Ray pasó al de Picasso y no hubo
artista que la mereciera que no la probara a cambio
de ser muy pronto abandonado.

En el París de entreguerras, aparte de aristócratas rusos que servían de acicalados porteros en
los cabarets, siempre se paseaba por La Coupole algún príncipe árabe cazador de corzas. En este caso
se llamaba Aziz Eloui Bey y era egipcio, y sus orejas
eran dos fuentes inagotables de monedas de oro.
Lee Miller fue una de sus capturas y ella le siguió
hasta El Cairo excitada por el exotismo en boga,
pero en Egipto no había más que momias. Se abu-
rría. Atada por el matrimonio con el árabe, Lee Miller sólo tenía el desierto como escapatoria para dar
pábulo a su imaginación, pero desde la infinita are-
na recordaba las fiestas de París, los viajes a la isla
de Santa Margarita o a Antibes, donde era la reina de
la tropa dorada que formaban Picabia, el coleccio-

nista, pintor y crítico de arte Roland Penrose, el propio Picasso que la había inmortalizado en sus cuadros. Linos y franelas blancas bajo los pinos, sillones donde se extasiaban juntos los cuerpos desnudos de bailarinas, escritores, pintores, entre el alcohol y las drogas mórficas cuando la cota más alta de la fascinación consistía en saber estar ebrio en los límites de la vanguardia y no despeñarse. En uno de sus encuentros en la Costa Azul, el esteta inglés Roland Penrose y Lee Miller se hicieron amantes y se establecieron en Inglaterra, donde vivieron una larga pasión secreta. El millonario egipcio quedó en la retaguardia de esta nueva batalla.

Ahora Lee Miller mandaba sus primeros trabajos como fotógrafa a la revista *Vogue,* y en medio de una vida enloquecida llegó la guerra.

Lee Miller comenzó a fotografiar los bombardeos de Londres y aunque seguía siendo amante de Penrose, muy pronto compartió el lecho con el periodista David Scherman, de la revista *Life,* con el que se embarcó en una aventura detrás de los carros de combate de los Aliados que la llevarían de nuevo a París.

El mito de Lee Miller se establece cuando logra trascender toda la sofisticada frivolidad de su tiempo en París, no exenta de perversiones, y se convierte en la testigo más arriesgada de la barbarie de su tiempo. Mientras sus amigos escurrieron el bulto en medio del terror nazi, Lee Miller, con unos pantalones recios, una chupa de cuero duro y una cámara al hombro, en compañía de David Scherman, olvidando los días de rosas en que su cuerpo era adorado, se empotra su rubia cabellera bajo un casco de acero para ser la primera en pisar los cadáveres de la playa de Omaha, en llegar al París liberado donde la recibió Picasso sin reconocerla en un primer momento cubierta de barro, en fotografiar el campo de concentración de Dachau, el Berlín en llamas, las guaridas de la Gestapo, los hospitales de sangre, los cadáveres amontonados. Luego la pareja llega hasta los confines de la Europa soviética, hasta que Penrose, muerto de celos, la reclama. Lee vuelve a Londres. Se divorcia del millonario egipcio y se casa con el coleccionista, pintor y crítico inglés. La cabalgada salvaje entre la belleza y el arrojo había terminado y su vida se difumina en medio de las fiestas compartidas con las nuevas amantes de Penrose hasta que por una ironía del destino queda embarazada a los treinta y nueve años. Le nace un hijo. Se dedica a la vida familiar. Mete en un cajón miles de negativos, se olvida de su pasado, de los días de París y de los campos de exterminio. Comienza su etapa de maestra de cocina en su granja de Sussex. Inventa platos. Lava las espinacas en la lavadora, delante del fogón cocina un pescado azul en honor a Miró con una tapa de retrete en la cabeza para protegerse de la grasa. Son vestigios del surrealismo que su marido Roland había importado a Inglaterra. En 1977, a los setenta años, Lee Miller murió de cáncer. Entre sus enseres olvidados, su hijo Anthony encontró una caja olvidada con miles de negativos.

El mito de Lee Miller consiste en que su cuerpo bellísimo y troceado, sus labios, su ojo, sus piernas, dispuestos por la cámara de Man Ray como la propuesta de una forma nueva de mirar el arte, junto con la rueda de bicicleta sobre un taburete, el molinillo de chocolate, el urinario-fuente, el portabotellas de Marcel Duchamp contemplados fuera de su lugar con una mirada nueva, no retiniana sino mental, pusieron la estética patas arriba y a ellos se debe, más que a Matisse y a Picasso, la revolución del siglo xx.

Las amantes
del pintor Modigliani

La pintora Beppo, una inglesa alta y desgarbada, que a principios del siglo pasado, con dieciocho años, se fugó de casa y dispuesta a cambiar el té con pastas por el calvados cayó en el París de entreguerras en medio de la bohemia de Montparnasse, me contó que había sido amiga de Modigliani. Un día el artista le pidió que posara de modelo para una escultura. Quería tallarla en madera y para eso robó una traviesa de la vía del metro de la estación de Barbès-Rochechouart. Beppo le ayudó a saltar la verja. Este robo se repetía a menudo. Por eso durante una época las esculturas de madera de Modigliani todas medían un metro y eran tan estilizadas. Aquella escultura ha desaparecido. Puede que la usaran como leña para calentar el cubículo de la plaza de Ravignan, en los altos de Montmartre, donde vivía el artista.

La pintora Beppo llegó a España en los años cincuenta casada con el príncipe tunecino Abdul Wahab, al que abandonó por un guitarrista gitano. En una taberna de Madrid, oyendo cantar a Pepe de la Matrona, me contó también que en medio de una pobreza absoluta iba una tarde en compañía de Modigliani por el bulevar de Montparnasse y se encontraron con unos bloques de piedra al pie de un edificio en construcción. El artista se sintió de repente inspirado y comenzó a trabajar como un poseso durante tres noches de un fin de semana en plena calle con uno de aquellos bloques hasta terminar una escultura, que representaba la cabeza cubista, pero el lunes por la mañana los obreros no atendieron sus súplicas y arrojaron la escultura de Modigliani en los cimientos.

Por ese tiempo Modigliani tenía también de modelo y amante a la poetisa inglesa Beatrice Hastings, una chica excéntrica y seductora, que lucía sombreros cada vez más imposibles. Entre los perifollos del vestido a veces solía llevar enhebrado bajo el brazo un cesto con un pato vivo dentro. Fue ella la que inició a Modigliani en el hachís y en las experiencias sensoriales fuera de toda medida, pero él no le iba a la zaga. Picasso decía que Modigliani siempre se las apañaba para coger las cogorzas más clamorosas en el cruce de Montparnasse con el bulevar de Raspail, entre La Coupole, La Rotonde y Le Dôme, para exhibir su desdicha ante el mundo. Aunque algunas veces también lo sacaron borracho dentro de un cubo de basura en un barrio de extrarradio.

Amedeo Modigliani era judío, nacido en Livorno el 12 de julio de 1884. Recién llegado a París con veintiún años, tímido, bien vestido, con un dinero en el bolsillo que le había dado su madre, fue capeando la vida con cartas de recomendación hasta que cayó en Montmartre, cerca del Bateau-Lavoir donde reinaba el Picasso de la época azul y su cuadrilla de poetas y pintores alucinados. Allí Max Jacob inició al guapo italiano, todavía sano, puro y agreste, en el laberinto de la cábala. En ese tiempo llegaban a París las primeras máscaras negras que traían los colonialistas desde Malí y Gabón. Max Jacob hizo ver a aquellos artistas del Bateau-Lavoir, muertos de hambre, pero con la cabeza llena de sueños, la cara oculta que esos ídolos exhibían a través de su misteriosa geometría. El esoterismo y la astrología mezclados con la poesía, la pintura y la burla formaron un juego fascinante en el que este poeta judío introdujo a Picasso y a partir de Picasso a toda aquella recua de bohemios que estaban dispuestos a romper todos los esquemas del arte.

Al principio Modigliani se presentó en sociedad como escultor y sólo porque la madera, el mármol o el granito eran muy caros se pasó a la pintura. En uno de los cafés de Montmartre dibujaba con un anuncio en los pies. «Soy Modigliani, judío, cinco francos.» Por un dibujo no admitía el dinero que excediera a esta cantidad. Después fue subiendo el precio. Pintaba retratos por diez francos y un poco de alcohol.

Modigliani ha pasado a la historia tanto por sus pinturas de mujeres de cuello rosa e infinito como por las amantes, que fueron tantas como sus borracheras. Sólo una de aquellas mujeres le acompañó hasta el final de su vida. Se llamaba Jeanne Hébuterne, una muchacha lánguida, pelirroja, sensible e inteligente, también pintora, que conoció al artista en el carnaval de 1917, disfrazada con una capa rusa, cuando tenía diecinueve años. Era hija del cajero de una perfumería, un hombre culto que le leía a Pascal en voz alta mientras la madre pelaba patatas. Jeanne se enamoró perdidamente de aquel pintor bohemio, que ya llevaba una tuberculosis a cuestas y estaba muy metido en las drogas y en el alcohol. Se fue a vivir con este guapo maldito en la Rue de la Grande Chaumière y muy pronto quedó embarazada.

A medida que Modigliani caminaba hacia la destrucción su genio se hacía más patente. Sus pinturas habían comenzado a cotizarse. Uno de los marchantes que se equivocó fue Ambroise Vollard. Un día pasó por una galería de la Rue La Boétie y vio en el escaparate un desnudo Modigliani de gran tamaño. «Qué voluptuoso tono de piel», pensó. «Hace cuatro años por uno de estos cuadros pedían 300 francos. Imagino que ahora pedirán 3.000». Preguntó por el precio. «Vale 350.000 francos», le dijo el galerista. Por supuesto, Modigliani ya había muerto.

Pero mientras vivió, este italiano seductor fue sobre todo amado por mujeres y protegido por sus amigos. Cuando la familia de Jeanne y sus primeros, únicos y fieles coleccionistas de sus cuadros, Paul Guillaume y Zboroswski, supieron que su amante estaba embarazada, tratando de rescatar al artista de aquel circuito diabólico de Montparnasse, llevaron a la pareja a la soleada Niza, donde nació la hija. Modigliani no aguantó por mucho tiempo aquella calma. Volvió a París y dejó a su pareja en el sur con la promesa de casarse con ella cuando le llegaran unos papeles de Italia. Jeanne estaba de nuevo embarazada. Una vez más en el circuito de los cafés de Montparnasse, el genio de Modigliani y su destrucción comenzaron a potenciarse mutuamente.

Un día de invierno, el pintor Kipling sorprendió en el estudio de la Rue de la Grande Chaumière a Modigliani en plena agonía rodeado de botellas de vino vacías y latas de sardinas. Al pie de la cama, Jeanne, embarazada de nueve meses, le estaba pintando mientras él le decía: «Sígueme en la muerte y en el cielo seré tu modelo favorito». Lo llevaron al hospital, donde murió a las 10.45 de la noche del 24 de enero de 1920. Jeanne no besó el cadáver. Le miró largamente y retrocedió sin volverle la espalda. Esa noche no quiso dormir en el estudio con su hija. Se instaló en el hotel La Louisiane, de la Rue de Seine, donde intentó suicidarse. Sus padres la rescataron y se la llevaron a casa. En la habitación del hotel había dejado un puñal debajo de la almohada. El entierro de Modigliani fue un acontecimiento en Montparnasse. Todos los pintores, músicos, poetas, actores, antiguas amantes, acompañaron al artista al cementerio de Père-Lachaise y mientras el entierro más fascinante de aquel tiempo sucedía, Jeanne se tiró por la ventana del quinto piso de sus padres a un patio llevando en el vientre un hijo de Modigliani. El cadáver lo recogió un obrero. Lo subió a casa. Sus padres le cerraron la puerta. En una carreta el obrero lo trasladó al estudio de la Grande Chaumière y fue también rechazado por el portero. El desconocido samaritano lo llevó a una comisaría. Jeanne fue enterrada en clandestinidad y el duelo lo componían unos amigos, que siguieron el féretro en un taxi bajo una lluvia desolada de invierno.

Billie Holiday, ante
su primera canción

Cuando Billie Holiday, de nombre Eleonora, nació el 7 de abril de 1915, su madre tenía trece años y su padre era todavía un chaval de pantalón corto que iba dando patadas a las latas por la calle. Sucedió en Baltimore, ciudad famosa entonces por sus ratas. La madre se fue a Nueva York a fregar escaleras; el padre se enroló en una banda de jazz y desapareció. La niña fue entregada a los abuelos, que vivían en una casita de madera repleta de tíos, sobrinos y primos hacinados. Eleonora a los diez años ya estaba desarrollada como mujer y tuvo que cambiar los patines y la bici por un cubo, un cepillo y algunos trapos. Aparte de este oficio heredado de la madre, la niña tenía el trabajo de resistirse cada noche a las acometidas de macho cabrío de sus primos en su cama.

En la esquina de su casa estaba el burdel que regentaba Alice Dean, donde Eleonora comenzó a hacer recados y servicios para el ama y las chicas. Iba a la tienda, subía y bajaba palanganas, ponía y retiraba la pastilla de jabón Lifebuoy, lavaba las toallas, todo por cinco centavos, pero la niña prefería no cobrar si a cambio el ama le dejaba escuchar a Louis Armstrong y a Bessie Smith en la victrola instalada en su sala de estar. Fue allí donde oyó por primera vez cantar sin palabras, sólo con sonidos del alma en la garganta que se acomodaban a su estado de ánimo. En su inicio los burdeles y el jazz eran la misma sustancia, en esos antros se codeaban blancos y negros de manera natural, algo que no sucedía en las iglesias. La niña bebió aquella música del propio manantial. Ella dijo un día: «Si hubiera oído cantar a Bessie en la casa de un pastor, no me habría importado hacerle gratis los recados».

A los diez años estaba enamorada de la actriz Billie Dove. Imitaba sus movimientos, su peinado, pero en la calle se fajaba a golpes con los niños de su edad y su padre, que la creía un marimacho por eso, comenzó a llamarla Bill. Era el nombre de su heroína. Billie. Y lo adoptó. El padre era trompetista. Durante los viajes con una orquesta de segunda iba haciendo hijos a otras mujeres por el sur y de pronto lo veían entrar por la puerta y al día siguiente desaparecía. La madre regresó de Nueva York y tomó huéspedes en casa para sobrevivir. La niña a los diez años llevaba calcetines blancos y zapatos de charol que robaba en las tiendas, por lo que la bisabuela, que había sido esclava y leía mucho la Biblia, la llamaba pecadora.

Una tarde de verano uno de los huéspedes, un cuarentón llamado Dick, cogió de la mano a la niña y se la llevó a una casa con la excusa de que allí la esperaba su madre. Era un prostíbulo. Metida en una habitación comenzó a violarla. La niña se defendió con gritos y patadas, pero una mujer le sujetó la cabeza para que no le mordiera mientras el hombre se satisfacía. Por una vecina, amante despechada del violador, la madre supo adónde habían llevado a su hija. Llamó a la policía y la niña, ensangrentada, fue conducida al cuartelillo. Allí el sargento observó el volumen de los pechos y la consistencia de las piernas y a su alrededor comenzaron las miradas obscenas y las risitas. Permaneció varios días en la cárcel. Violada, con diez años, Billie fue juzgada por un tribunal junto con su agresor. A él le condenaron a cinco años; ella fue encerrada en un correccional católico, regido por monjas robustas, donde la vistieron con un uniforme blanco y azul; a continuación, según el reglamento, cambiaron su nombre por el de una santa y a partir de ese momento Billie se llamaría Teresa.

Cuando una chica se portaba mal las monjas la vestían de rojo y prohibían a las demás que le dirigieran la palabra. Hay que pensar que durante los años que estuvo Billie enclaustrada en aquella institución el color del diablo era el que más veces lució aquella niña rebelde. Fue por Pascua cuando usó por primera vez el vestido rojo y así se presentó ante su madre, que fue a visitarla llevándole dos pollos fritos, una docena de huevos duros y algunas golosinas. La monja capitana condenó a la cría a presenciar cómo las compañeras devoraban su comida sin que ella pudiera siquiera alargar la mano, y luego la encerró durante toda una noche en una habitación a oscuras donde estaba el cadáver de una chiquilla que se había partido el cuello al caerse de un columpio.

Al salir del correccional, cosa que consiguió bajo amenaza de suicidio, Billie abandonó Baltimore y se propuso no cesar de caminar hasta llegar a Harlem. Sólo tenía trece años y estaba muy desarrollada. Había perdido la virginidad con un negro trompetista en el suelo de la casa de su abuela, que la dejó sangrando y dolorida, de modo que odiaba el sexo, pero ya sabía en qué clase de perro mundo había caído. Llegó a la estación de Pensilvania de Nueva York sin equipaje, salvo un cesto con un pollo que devoraba sentada en los bancos de la calle. Se encontró con su madre y comenzó de nuevo a fregar suelos, esta vez en casa de una señora alta, gruesa y holgazana, que le gritaba y la llamaba negra con un tono despectivo. Fue la primera vez que oyó esa palabra como un insulto. La niña le estampó un jarrón en la cabeza. «Tiene que haber algo mejor que esto», se dijo. Sabía que nunca podría ser una buena criada.

Su madre la llevó a una casa lujosa de pisos en la calle 141 de Harlem cuya dueña se llamaba Florence Williams. No en vano había vaciado palanganas y lavado toallas en casa de Alice Dean, por eso supo enseguida que aquello era un prostíbulo. Comenzó a trabajar a 20 dólares, cinco para la dueña, preferentemente con blancos, de ésos con mujer e hijos que tienen que volver pronto a casa, nunca con negros desde que uno de ellos, un garañón inmenso, de esos que te dicen: «¿Te gusta, nena?», mientras te destrozan, la dejó varios meses fuera de combate. Un día le negó sus favores al rey del Harlem, un tipo duro llamado Big Blue Rainier, amigo de la policía. ¿De modo que una negra no quiere acostarse con un negro? El tipo la denunció por ser menor de edad y Billie fue a parar otra vez a la cárcel.

A los quince años iba un día por la calle 133 llena de antros de música, dispuesta a cualquier trabajo con tal de conseguir cincuenta pavos que le exigían a su madre para evitar que le echaran el colchón por la ventana. Entró en el garito Pod's and Jerry's, un local de *swing*, y pidió cantar. Mandó al pianista que tocara *Trav'lin' All Alone*. Al sonar aquella garganta se hizo un silencio en el que hubiera podido oírse un alfiler si caía en el suelo. En ese local las chicas tenían que recoger con los genitales las propinas que los clientes dejaban en las mesas. Billie Holiday se negó a pasar por esa humillación.

Un caballero le dio los dólares en la mano y debido a su orgullo las compañeras comenzaron a llamarla duquesa o Lady Day. Aunque una de las golfas del cabaré dijo que Billie cantaba como si le apretaran los zapatos, la verdad es que cantó la primera canción con la voz de una gata herida y humillada en su constante rebeldía de saltar por todos los tejados. El dolor continuaría hasta el final de su vida. La leyenda de esta reina del *swing* no había hecho más que empezar.

Todas las lágrimas
de Dora Maar

En el cuadro del *Guernica* aparecen cuatro mujeres entre los escombros del bombardeo, todas con la boca abierta por un grito de terror. Las cuatro mujeres son la misma, Dora Maar, la amante de Picasso en aquel tiempo. Hay un detalle añadido: los ojos del toro erguido en el ángulo izquierdo también son los de Dora Maar, que en la realidad eran de un azul pálido, y algún psicoanalista lacaniano sabrá explicar el significado de un toro con ojos de mujer, que a su vez son idénticos a los del guerrero cuyo cuerpo se halla destrozado en la base del cuadro.

Picasso conoció a Dora Maar a principios de 1936. Su encuentro se ha convertido ya en una fábula excelsa de sadomasoquismo. Estaba el pintor una noche en el café Les Deux Magots de París con el poeta Paul Éluard y vio que en la mesa vecina una joven parecía entretenerse dejando caer la punta de una navaja entre los dedos separados de su mano enguantada, abierta sobre el mármol del velador. No siempre acertaba, puesto que el guante estaba manchado de sangre. El pintor se dirigió a ella en francés y la joven le contestó en un español gutural, la voz un poco ronca, temblorosa, con acento argentino. Después de una excitada conversación el pintor le pidió la prenda ensangrentada como recuerdo y ella le dio a Picasso no sólo el guante sino la mano y el resto del cuerpo, sin excluir su alma atormentada, no en ese momento, puesto que Picasso, presintiendo la tempestad amorosa que se avecinaba, echó tierra por medio y se fue a la Costa Azul, pero allí en casa de unos amigos comunes se volvió a encontrar con la mujer ese verano y ya no tuvo escapatoria. Bajo el esplendor mórbido del sol de Mougins, filtrado por los sombrajos de cañizo, sus cuerpos comenzaron a cabalgar en busca de la violenta alma contraria.

Dora Maar no era una neófita en esta batalla con los hombres. Venía de los brazos de Georges Bataille, rey de la transgresión erótica, con quien había experimentado todos los sortilegios de la carne. Según su teoría, los burdeles deberían ser las verdaderas iglesias de París. Bataille, junto con Breton, lideraba el grupo surrealista de izquierdas Contre-Attaque, que se reunía en un ático muy amplio de la Rue des Grands Agustins, 7, y se había hecho famoso por el libro *Historia del ojo,* una mezcla de pornografía y lirismo con aditivos de violencia, autodestrucción y ceguera: el ojo —huevo que se introduce en la vagina—. En ese mundo se movía Dora Maar, exótica, bella y radical, siempre coronada con sombreros extravagantes.

Dora Maar era pintora, fotógrafa y poeta, hija de madre francesa y de un arquitecto croata, instalado en París, que encontró trabajo durante algunos años en Argentina. Con ella atravesó Picasso los años de la Guerra Civil española y la ocupación nazi de París, desde 1936 a 1943, un tiempo en que el pintor vivía en medio de un vaivén de mujeres superpuestas. Su esposa Olga había sido suplantada por la dulce y paciente Marie-Thérèse Walter, de la que le había nacido su hija Maya, y ese oleaje le había traído, como el madero de un naufragio, a Dora Maar, que tuvo que desplegar todas las artes para agarrar y no soltar los testículos de aquel toro español del *Guernica,* que según algunos críticos es el autorretrato del pintor.

A inicios del año 1937 el Gobierno de la República española le encargó un mural a Picasso para la Exposición Internacional de París, que iba a inaugurarse en el mes de mayo. El contrato lo formalizó el cartelista Josep Renau, director general de Bellas Artes, en un bistró de la Rue La Boétie, sobre una servilleta de papel y después se fue a jugar al futbolín con Tristan Tzara. La tragedia española estaba en su apogeo. Picasso sólo quiso cobrar los materiales, el lienzo y las pinturas, que, por cierto, fueron de una evidente mala calidad, como demuestra el deterioro en que se encuentra la obra. Dora Maar conocía el ático de la Rue des Grands Agustins, donde había celebrado diversas ceremonias demoniaco-surrealistas. Se lo mostró a Picasso para que lo alquilara. El local era famoso porque Balzac había situado allí la novela *La obra maestra desconocida,* que trata de la obsesión de un pintor por representar lo absoluto en un cuadro. Dora Maar pensó que en el local había espacio suficiente para trabajar en un cuadro de gran tamaño. Y en ese ático comenzó Picasso una doble lucha. Durante los primeros meses no se le ocurría nada. Comenzó a realizar bocetos en torno a una especie de tauromaquia en medio de la convulsión de los desastres de una guerra, mientras Dora Maar iba levantando acta con la cámara de los esfuerzos y arrepentimientos del artista. En unos bocetos el caballo relinchaba abajo, en otros el toro mugía de otro lado. Dora Maar era a la vez testigo y protagonista, puesto que su rostro de frente ovalada y grandes ojos como lágrimas se repetía en todos los intentos en distintas figuras femeninas. Picasso incluso dejó que su amante pintara algunas rayas.

Mientras el *Guernica* tomaba la forma definitiva, alrededor del lienzo se había establecido otra suerte de bombardeo, que causó una catástrofe amorosa. En el ático entró un día la dulce y paciente Marie-Thérèse Walter y se enzarzó a gritos con Dora Maar. Con insultos que se oían desde la calle, le echó en cara el haberle robado a su amante, al que ella había dado una hija. A esta escena violenta de celos se unió Olga, la compañera legal, y mientras las tres mujeres gritaban, Picasso seguía alegremente pintando el *Guernica,* muy divertido. Esta reyerta explosiva se hizo famosa en el Barrio Latino. El día 26 de abril de 1937, cuando el cuadro ya estaba casi terminado, sucedió el espantoso bombardeo de Guernica por la Legión Cóndor. En homenaje a esa villa vizcaína, donde se conservaban los símbolos de un pueblo vasco, Picasso tituló el cuadro con su nombre. A partir de ese momento el *Guernica* se convirtió en un cartel universal contra la barbarie.

La batalla la había ganado Dora Maar. Ese mismo verano de 1937 se les ve muy felices en las playas de Antibes en compañía de otros seres maravillosos, desnudos en sillones y hamacas, Nush y su marido Éluard, Man Ray y su novia Ady, bailarina de Martinica, Lee Miller y Roland Penrose, Jacqueline Lamba y André Breton. Jugaban a intercambiarse los nombres y las parejas a la hora de la siesta y el más vanguardista en el sexo también era Picasso, que, según contaba Marie-Thérèse, solía practicar la coprofagia con sumo arte.

Picasso ejerció sobre Dora Maar otra suerte de sortilegio a la manera de su antiguo amante Georges Bataille. La convirtió en *La Mujer Que Llora:* así aparece, erizada por el llanto, en casi todos

47

los cuadros en que ella le sirvió de modelo. Hasta su separación, sumamente traumática, Dora Maar fue la Dolorosa traspasada por siete navajas, que eran todas la misma que ella usaba el día en que se conocieron en el café Les Deux Magots, un símbolo del dolor de la guerra y del placer de la carne.

«Después de Picasso, sólo Dios», exclamó Dora Maar ante Lacan, el psicoanalista que la ayudó a soportar el abandono del pintor. La mujer entró en una fase mística, se retiró del mundo, se encerró en su apartamento de París y sobrevivió un cuarto de siglo al propio artista. Murió en 1997, a los noventa años. En el *Guernica* sus ojos en forma de lágrimas se repiten en el toro, en el guerrero, en la madre que grita de terror con un niño muerto en los brazos, en la mujer que huye desnuda bajo las bombas, tal vez, desde un lavabo con un papel en la mano y en la que saca una lámpara por la ventana e ilumina todas las tragedias de la historia.

Paul Cézanne: retrato
del artista fracasado

Ambroise Vollard, vendedor de cuadros, el descubridor de Cézanne, era un tipo agnóstico. Un día le preguntaron: en caso de que le forzaran a elegir religión, cuál escogería. Vollard contestó que era muy friolero, de modo que no dudaría en hacerse primero judío porque en las sinagogas era obligatorio llevar puesto el sombrero; en segundo lugar protestante porque en sus templos solía haber calefacción, y nunca católico porque en las iglesias católicas había muchas corrientes de aire. Este hombre tan escéptico y pragmático con la religión fue, no obstante, un visionario para el arte. Había nacido en la isla de la Reunión, donde, de niño, comenzó a coleccionar guijarros y pedazos de vajillas rotas, sobre todo fragmentos de porcelana azul. Su tía Noémie pintaba rosas de papel. El niño quiso saber por qué no pintaba las flores del jardín que eran más bonitas. «Pinto flores de papel porque no se marchitan nunca.» Esta misma respuesta le dio Cézanne, muchos años después, en su galería de la Rue Laffitte.

Ambroise Vollard fue el primero en darse cuenta del genio de este pintor, que abrió la puerta a la vanguardia, cuando iba por París vestido como un mendigo, mal afeitado, con un chaleco rojo bajo una chaqueta raída, y sus cuadros eran objeto de escarnio, rechazados en todos los salones de pintura. El padre de Paul Cézanne, un sombrerero de Aix-en-Provence, conservador, con leontina de oro, de carácter tiránico, fundador de una banca de provincias, despreciaba el trabajo de su hijo como artista, aunque le tenía asignado un sueldo de subsistencia, ciento veinticuatro francos al mes, para evitarle tentaciones y tenerlo atado. Hasta el día de su muerte pensó que su hijo era un pintamonas. El escritor Émile Zola también consideraba que su viejo amigo Cézanne era un descarriado, sin habilidad para administrar su talento. Habían sido compañeros inseparables de juegos y de estudios en el colegio Bourbon de Aix. Cézanne tocaba la corneta de llaves y Zola el clarinete en una banda creada entre vástagos adolescentes de la burguesía; hacían excursiones por las laderas de Sainte-Victoire o del Pilón del Rey; se bañaban desnudos en el río Arc; recitaban versos de Victor Hugo y juntos viajaron a París soñando con la gloria.

Zola se hizo escritor y no tardó en alcanzar la fama. Mientras sus novelas comenzaron muy pronto a tener un éxito extraordinario, Cézanne sólo era un artista inhóspito que se había quedado atrás. No conseguía encontrar lo que buscaba. Apenas comenzaba a pintar, crispaba los puños ante el lienzo, lo desgarraba con la espátula y arrojaba los pinceles contra la pared. Por otra parte, enrojecía hasta detrás de las orejas y huía del estudio cuando una modelo comenzaba a desnudarse. Las mujeres le trastornaban, pero acabó juntándose con una costurera bordadora, Marie-Hortense Fiquet, que a veces posaba para los pintores y con la que tuvo un hijo, una relación que ocultó a su padre por miedo a su tiranía. Cada día más terco, más indomable, más huraño, se negaba a aceptar las consignas del grupo de los impresionistas que se reunían en el café Guerbois, en cuya puerta un día le dijo a Manet, que vestía como un *dandy:* «No le doy la mano porque no me la he lavado en ocho días».

Desde la cima de su éxito Zola contemplaba la ruina de su amigo con una compasión benevolente que acabó convirtiéndose en un desprecio sangrante. Su última novela, *Nana,* la aventura de una cortesana, vendió en el primer día de lanzamiento cincuenta mil ejemplares, mientras Cézanne tenía que aceptar unos pocos francos a cuenta o unos lienzos nuevos y tubos de colores a cambio de cuadros pintados en la tienda del famoso tío Tanguy, en Montmartre.

Zola vivía ya en una mansión fuera de París, con mayordomo y criados; recibía a las visitas sentado en un sillón Luis XV enfrente de una chimenea de mármol, rodeado de tapices, armaduras, estatuas, figuras de porcelanas en las vitrinas, marfiles, un jarrón con un chino pintado bajo una sombrilla, un ángel de las alas desplegadas colgado del techo con una atadura invisible y cuadros oscuros, entre los que se mezclaban auténticos y falsos, alegóricos y *pompiers,* pintados con betún de Judea, al que los impresionistas llamaban zumo de iglesia. Tenía también algunos óleos de Cézanne guardados en un armario que no osaba enseñar a nadie. Cuando Ambroise Vollard llegó un día a casa de Zola con una carta de recomendación de Mirbeau, siguiendo el rastro de los cuadros de primera época de Cézanne, que había decidido reunir, el escritor le recibió llevando en brazos a su querido perrito *Pinpin.* Al preguntarle por los cuadros de su amigo de la infancia, el maestro golpeó con la mano un armario bretón.

—Los tengo encerrados ahí. Cuando recuerdo que les decía a nuestros antiguos compañeros que Paul tenía un genio de gran pintor, aún siento vergüenza. Si les pusiera estos cuadros ante sus ojos... ¡Cézanne!... Aquella vida que llevábamos en Aix y en los primeros años de París. ¡Todos nuestros entusiasmos! Ah, ¿por qué no produjo mi amigo toda la obra que yo esperaba de él? Por más que le decía que poseía el genio de un gran pintor y que tuviera el valor de llegar a serlo, no escuchaba ningún consejo. Intentar que entrara en razón era como tratar de convencer a las torres de Notre-Dame para que bailen.

Zola poseía diez obras de Cézanne ocultas entre cacharros y una de ellas no se encontró bajo el polvo hasta veinticinco años después de la muerte del escritor, ocurrida en 1927. El desencuentro con su amigo se produjo cuando Cézanne se vio reflejado, bajo el nombre del protagonista Claude Lantier, en la novela de Zola *L'Oeuvre,* que trataba de un pintor fracasado, ejemplo de la impotencia artística y de la quiebra de un genio, en la que al final el héroe se suicida. Cézanne la consideró una traición.

Mientras tanto, Ambroise Vollard había comenzado a acaparar todos los cuadros de Cézanne que encontraba; había adquirido los del tío Tanguy que se subastaron en el hotel Drouot a su muerte; viajó a Aix-en-Provence donde ahora, ya viejo y rico heredado de banquero, pero todavía escarnecido, Cézanne seguía pintando sin encontrar lo que buscaba, y arrojaba los cuadros por la ventana sobre los árboles del jardín y así vio Vollard cerezos cuajados de bodegones con manzanas; el marchante compró también todos los cuadros que los vecinos tenían arrumbados en las carboneras y desvanes, que el pintor había regalado y que le ofrecían desde los balcones. En su galería de arte de la Rue Laffitte entró un día la coleccionista Gertrude Stein.

—¿Qué vale este Cézanne?

—Quinientos francos —contestó Vollard.

—¿Si compro tres?

—Mil quinientos.

—¿Y si le compro los diez que tiene?

—Entonces, cincuenta mil.

—¿Por qué?

—Porque entonces me quedo sin Cézanne.

Obsesionado por dar toda la profundidad y consistencia a la materia, Cézanne había comenzado a estructurarla en planos cada vez más íntimos de luces entrecruzadas hasta descomponerla. Así dio paso al cubismo de Picasso, al fauvismo de Matisse y al abstracto de Kandinski. A partir de ahí la pintura del siglo XX rompió todas las amarras. Pero la gloria no le llegaría a Cézanne hasta la gran exposición que montó Vollard en su galería, la cual propició después la retrospectiva que se realizó en París, en 1904, en el Salón de Otoño, dos años antes de la muerte del pintor. Hoy a Zola se le recuerda sólo por un artículo, «J'accuse», publicado en *L'Aurore*, sobre el caso Dreyfus, el 13 de enero de 1898. Mientras que su amigo, el artista fracasado de su novela, es el pintor cuya cotización sigue siendo la más alta de la pintura moderna.

El corazón convulso
de Pablo Neruda

Un día de gran temporal, Pablo Neruda, desde una ventana de Isla Negra, su casa en la costa, cerca de Santiago de Chile, vio un tablón, resto de un naufragio, que era batido furiosamente por el oleaje. Con voz imperativa Neruda le dijo a su mujer: «Matilde, el océano le trae la mesa al poeta. Vete por ella». Matilde se echó vestida al agua y luchó contra un océano encrespado para complacer a su marido con grave riesgo de morir ahogada. Esa madera de barco se halla montada en un rincón de Isla Negra y en esa mesa el poeta, sin duda, habrá escrito algunos versos insignes. Forma parte del montón de objetos que Neruda fue coleccionando en sus viajes por todo el mundo, caracolas, mascarones de proa, botellas de colores, mariposas, diablos, máscaras, espuelas, conchas marinas. Este acopio compulsivo, ejemplo de horror al vacío, produce cierto desasosiego al deambular por los espacios de esa casa. Uno no sabe dónde poner los pies para no cargarse un cacharro.

En la entrada hay otra mesa en cuyo centro confluyen las miradas de cuatro mascarones colgados en cada ángulo de la sala. Cuando necesitaba inspiración, Neruda solía colocar el cuaderno abierto en ese punto donde se concentraba la energía de las miradas de los cuatro mascarones, que habían navegado por todos los mares, y comenzaba a escribir un poema. Un intelectual chileno muy elegante e irónico, después de mostrarme un día aquel museo de Isla Negra, donde aflora impúdicamente el enorme ego del poeta, convertido en una almoneda, en voz baja, comentó: «¿Este Neruda, en realidad, no sería argentino?».

Era volcánico en los versos y en los amores. Juan Ramón Jiménez, que en sus juicios malvados siempre solía acertar, dijo: «Neruda es un gran poeta... malo». Con versos de oro junto a otros de barro, *Veinte poemas de amor y una canción desesperada,* publicado en 1924, enamoró a innumerables adolescentes y le llevó a la fama. A partir de ese momento Neftalí Reyes, bajo el seudónimo de Neruda robado a un poeta checo, comenzó a devorar amantes, a desbocarse en un río caudaloso de lava poética y a concentrar todo el odio contra su paisano el poeta Vicente Huidobro. Entre los dos hasta la muerte el rencor se convirtió en un espectáculo carnívoro, casi en un oficio más.

Vicente Huidobro, nacido en Santiago en 1893, vástago de una familia adinerada de prohombres de la política y la banca, fue un vanguardista, fundador del creacionismo, viajero y esnob, inteligente, esteta, comunista, señorito y ateo, que se movió entre la élite intelectual y artística de París en 1917 con Apollinaire, Cocteau, Breton, Louis Aragon, Max Jacob y Paul Éluard. Picasso le hizo un retrato. Después, en 1927, alternó en Hollywood con Charles Chaplin, con Douglas Fairbanks y Gloria Swanson. Participó en la guerra mundial con los Aliados y fue herido en la cabeza. Bastó con que en una antología poética Eduardo Anguita pusiera en primer lugar a Huidobro para que los celos desencadenaran en Neruda una tormenta interior que culminó en el famoso poema *Aquí estoy,* una avalancha de insultos escatológicos, a la que sólo le restó al final tirar de la cadena del retrete. Cabrones, hijos de puta, hoy ni mañana ni jamás acabaréis conmigo, comunista de culo dorado, y me cago en la puta que os malparió, vidrobos, aunque escribáis en francés con el retrato de Picasso en las verijas. Y así sucesivamente, hasta el fondo de los intestinos. Huidobro también era mujeriego. Raptó a una adolescente de dieciséis años y se fugó con ella, luego se enamoró de la niña Juanita Fernández, que acabó siendo monja y llegó a la santidad bajo el nombre de sor Teresa de los Andes. En 1947 este enemigo de Neruda tuvo un derrame cerebral, producto de las heridas de guerra, y murió poco después. Está enterrado en Cartagena bajo este epitafio: «Aquí yace el poeta Vicente Huidobro. Abrid la tumba. Al fondo de esta tumba se ve el mar».

Muerto Huidobro se acabó la rabia. Serenado ya el ánimo, el corazón convulso de Neruda iba atravesando cuerpos sucesivos o simultáneos de mujer y recibiendo honores con gorra de marino y *blazer* azul con botones de ancla. Teresa Vázquez había sido su primer amor, a la que sucedieron Albertina Azócar, Laura Arrué, Josie Bliss, llamada la pantera birmana, María Antonieta Hagenaar, su primera esposa legal, joven malaya de origen holandés, sustituida por Delia del Carril, intelectual argentina, veinte años mayor que el poeta, llamada la Hormiga. En 1946 Neruda había conocido a Matilde Urrutia, estudiante de canto, durante un concierto en un parque forestal y estableció con ella un amor secreto, sumergido, lleno de aventuras que vivían mediante citas, cartas y viajes paralelos por Argentina, México y Europa. Matilde seguía desde la sombra a Pablo y Delia adondequiera que fuera la pareja, de modo que en un mismo tren podían ir ellos en primera clase y Matilde en un vagón de tercera para inscribirse en otro hotel de la ciudad y concertar encuentros aparentemente fortuitos. Un verano que consiguieron estar solos en Capri simularon que los casaba la luna llena, un juego romántico que duró hasta 1955, en que este amor fue descubierto mediante un chivatazo. A partir de ese momento Delia se esfumó y Matilde Urrutia ocupó por entero el corazón del poeta. Ella le procuró la inspiración de *Los versos del capitán,* tal vez su mejor libro.

Aquellas cartas secretas de amor de Pablo a Matilde que fueron manuscritas con pulso febril y el corazón en llamas entre 1950 y 1955 desde distintas ciudades, hoteles, aviones y barcos pueden ser leídas ahora en el libro que acaba de publicar Seix Barral. Todos los adjetivos melosos que servirían para el peor de los boleros campean en estas páginas, vida mía, amor mío, mi perra, mi tesoro, un manantial de confitura que no cesaba de brotar. «Amor mío recibí tu carta, ya te creo en camino, tú sabes mejor qué hacer. Apenas estés de fijo en alguna parte comunica oficialmente tu dirección, yo te escribiré enseguida. Pienso en ti cada noche, cada mañana, cada día, en nosotros.» «Hoy es sábado 28 y he amanecido sin tus pies. Fue así. Me desperté y toqué al fin de la cama una cosa durita que resultó ser la almohada, pero después de muchas ilusiones mías.»

Cuando esta pasión sumergida salió a la luz, llegó para los amantes una felicidad estable. Pablo y Matilde se pasearon juntos por todos los premios oficiales, recepciones, medallas y homenajes. Pero no todo era tan suave. En medio de la gloria un día Matilde sorprendió a Pablo en la cama con su sobrina Alicia Urrutia, de veinticinco años, que la pareja tenía de criada. Matilde la echó de casa y forzó a su marido a salir de Chile. Allende lo nombró embajador en París. Al final de la vida, cuando Neruda cayó enfermo, era Matilde la que viajaba y él esperaba sus cartas postrado en Isla Negra. Ahora los adjetivos románticos se cambian por otros más domésticos. El 7 de mayo de 1973 el poeta escribe a Matilde y le pide que no se le olvide traerle papel higiénico soportable.

Cuando Neruda obtuvo el 1971 el Premio Nobel recibió otra carta. Era de la joven y abandonada Alicia desde Argentina: «Pablo amor quisiera que esta carta llegue el día 12 de julio de tu cumpleaños. Pablo amor que seas feliz. Todas las horas del día y de la noche estés donde estés y con quien sea, sé feliz, te recordaré, pensaré en ti, alma mía, mi corazón está tivio *(sic)* de amarte tanto y pensar en ti. Amor amado amor te beso y te acaricio todo tu cuerpo amado. Amor amado amor amor amor, mi amor. Tu Alicia te Ama».

El 23 de septiembre de 1973, diez días después del golpe de Pinochet, el corazón convulso del poeta Neruda dejó de latir. Su casa de Isla Negra fue asaltada por los militares. Hoy en ella yacen juntos Pablo y Matilde frente al oleaje del océano que siempre trae para los poetas un madero de naufragio.

Seis balas para Andy Warhol

Inventó la frivolidad como una actitud estética ante la vida y dictaminó que la esencia de las cosas sólo está en los envases. Este creador fue Andy Warhol, nacido en Pittsburgh, Pennsylvania, en 1928, hijo de un minero del carbón, emigrante eslovaco. Después de bautizarse en el rito católico bizantino, el niño a los trece años sufrió la enfermedad del baile de san Vito, que le forzaba a mover las cuatro extremidades de forma incontrolada. Proscrito por sus compañeros de colegio debido a su rara pigmentación de la piel, postrado en cama largo tiempo y protegido en exceso por su madre, el pequeño Andy sólo halló salida alimentándose de héroes del cómic y de prospectos con los rostros de Hollywood, una mitomanía de la que ya no se recuperó.

Tampoco está claro que superara el síndrome del baile de San Vito, si se tiene en cuenta que, instalado en 1949 en Nueva York, no paró de moverse el resto de su vida en medio de un cotarro frenético de aristócratas excéntricos, artistas loquinarios, bohemios, drogadictos, modelos y otras aves del paraíso a cada uno de los cuales, como gurú de la modernidad, comenzó a otorgar los quince minutos de fama que le correspondían y por los que algunas de estas criaturas estaban dispuestas a morir y a matar, como así sucedió.

Al principio Andy Warhol se dedicó a la publicidad, a ilustrar revistas y a dibujar anuncios de zapatos, pero hubo un momento en que ante una botella de Coca-Cola, un bote de sopa, un billete de dólar y el rostro de Marilyn tuvo una primera revelación. Pensó que ciertas figuras y productos comerciales eran los verdaderos iconos de la vida americana y había que introducirlos en el territorio sagrado de la cultura y del arte. El *pop-art* que acababa de inventar necesitaba un fundamento filosófico y, todo gran desparpajo, lanzó al mundo este manifiesto: la Coca-Cola iguala a todos los humanos. «En América los millonarios compran esencialmente las mismas cosas que los pobres. Ningún dinero del mundo puede hacer que encuentres una Coca-Cola mejor que la que está bebiéndose el mendigo en la esquina. Todas las Coca-Colas son la misma y todas son buenas. Liz Taylor lo sabe, el Presidente lo sabe, el mendigo lo sabe y tú lo sabes.» Su filosofía de la superficie de las cosas se presentó en sociedad en 1954, en una exposición de la galería Paul Bianchini, en el Upper East Side, titulada *El Supermercado Americano,* montada como una tienda de comestibles con pinturas y pósters de sopas, carnes, pescados, frutas y refrescos, mezclados con esas mismas mercancías auténticas en los estantes. La diferencia estaba en el precio. Un bote de sopa valía dos dólares en la realidad y costaba dos mil en la representación. Hoy un dólar es un dólar, pero si el billete está pintado por Warhol vale en una subasta seis millones de dólares.

Andy siguió añadiendo al arte más iconos de la vida americana, la silla eléctrica, el revólver, las cargas de la policía contra los manifestantes de los derechos humanos, los coches, los botes de sopa Campbell, los rostros de las celebridades de Hollywood, mientras a su alrededor se iba condensando un grupo de seres extraños, que eran mitad cuerpo humano real y el resto ficción o decoración. Todos revoloteaban alrededor de su estudio, la famosa Factoría, en la calle 47 con la Séptima Avenida, empapelado por entero con papel de aluminio.

El salto cualitativo lo dio este artista ante el caso extraordinario de una exposición de 1964 en Filadelfia cuando por un percance del transporte no llegaron a tiempo los cuadros a la galería para la inauguración. El público llenaba la sala con las paredes desnudas y Andy desde un altillo descubrió que aquel espacio se parecía a una pecera llena de crustáceos que se movían en un baile de San Vito, excitados unos por otros, como única fuente de energía. A nadie le importaban las pinturas. La expectación sólo la proporcionaba la presencia del artista rodeado de sus criaturas, a las que todo el mundo trataba de parecerse. En ese momento tuvo Warhol su segunda revelación. La única forma de existir consistía en reflejarse en el espejo del otro. Si una Coca-Cola o un bote de sopa Campbell son iconos americanos, ¿por qué no puedo serlo yo? No importaba lo que había pintado, su verdadera creación eran aquellos extraños seres que había conseguido reunir entre cuatro paredes blancas y que no se parecían en nada al resto de los habitantes de Nueva York, sino sólo a sí mismos como tribu. El rostro blanco con polvos de arroz, adornada la cresta roja con plumas de marabú y el cuerpo anoréxico alicatado con cristales de colores, de esa tribu formaban parte Valerie Solanas, feminista radical, violada por su padre, perdida desde los quince años como una mendiga por las calles de Manhattan, que había escrito un guión titulado *Up Your Ass (Mételo en el culo);* Edie Sedgwick, hija de un millonario californiano, nacida en un rancho de tres mil acres, que desembarcó en Nueva York como modelo con toda su belleza anfetamínica, acogida por su abuela en un apartamento de catorce habitaciones en Park Avenue; la cantautora Nico, la actriz Viva, Gerard Malanga, Ultra Violet, Freddie Herko, Frangeline, el escritor John Giorno, el cineasta Jack Smith, el grupo de música The Velvet Underground, Lou Reed, las chicas del Chelsea y un resto de jovenzuelos sin nombre pintarrajeados que entraban y salían de La Factoría, muchos de ellos dedicados sólo a mear sobre unas planchas de cobre para conseguir con la oxidación de la orina unos matices insospechados en los grabados, a los que a veces se añadía mermelada de frambuesa, chocolate fundido y semen humano. Era su parte en el cuarto de hora de fama.

Esta frenética cabalgada hacia el vacío impulsada con películas *underground,* experimentos con drogas, sexo en los ascensores, gritos en la noche, sobredosis en los retretes, que constituía la modernidad de los años sesenta en Nueva York, terminó abruptamente cuando el 3 de junio de 1968 Valerie Solanas, pasada de rosca, entró en La Factoría dispuesta a que Warhol le devolviera el guión que le había entregado. No estaba dispuesto a rodarlo, le parecía demasiado obsceno, pero lo cierto es que lo había perdido. Mét'elo en el culo. Fue suficiente para que Valerie sacara un revólver, el mismo que el artista había pintado como icono, y le sirviera todo el cargador, seis balazos, uno de los cuales le atravesó el cuerpo y casi lo llevó a la sepultura, de la que fue rescatado después de una operación quirúrgica de cinco horas, cuyas cicatrices se convirtieron en un póster. «Tenía demasiado control sobre mi vida», dijo Valerie en el juicio. Pero la fama siempre encuentra a otro más famoso. Este hecho fue oscurecido por el asesinato de Robert Kennedy unos días después. Se acabó el baile de San Vito. Desde entonces Warhol parecía un hombre de cartón piedra, decían las aves del paraíso que revoloteaban sobre su peluca plateada. Por otra parte, Edie Sedgwick también se había destruido. Una mañana apareció muerta en la cama ahíta de barbitúricos. Sólo Basquiat, el negrito grafitero rescatado por Warhol, salió disparado hacia la gloria.

Ser ante todo visible y hacer del espíritu un buen envase exterior fue lo que aportó Andy Warhol al mundo del arte. Por eso este artista diseñó también su funeral, celebrado en la iglesia bizantina del Espíritu Santo de Pittsburgh el 22 de febrero de 1987. Su féretro era de bronce macizo con cuatro asas de plata. Warhol llevaba puesto un traje negro de cachemira, una corbata estampada, una peluca plateada, gafas de sol con montura rosa, un pequeño breviario y una flor roja en las manos. Según las crónicas, en la fosa su amiga Paige Powell dejó caer un ejemplar de la revista *Interview* y una botella de perfume Beautiful de Estée Lauder. Pudo haber añadido un bote de sopa Campbell, un billete de dólar, una Coca-Cola y un revólver. Toda América.

Van Meegeren: la vanidad del falsificador

Miguel Ángel le vendió al papa Julio II como esculturas griegas algunas que él mismo había esculpido de propia mano. Era una estafa, pero no dejaban de ser esculturas auténticas de Miguel Ángel y sin duda con el tiempo fue el Vaticano, como siempre, el que salió ganando. Muchas veces le llevaban a Picasso uno de sus cuadros para que lo autentificara. Hubo casos en que el pintor se negó a reconocer su propia obra si ésta ya no le gustaba. «Pero, maestro, ¿no recuerda que le he comprado esta pintura a usted en persona en este mismo taller?», exclamó un coleccionista angustiado. «Es que yo también pinto a veces Picassos falsos», contestó el pintor.

A principios del siglo pasado el marchante Ambroise Vollard, el descubridor de Picasso, se pasaba el día dormitando en su tienda de la Rue La Boétie a la espera de que cayera por allí algún coleccionista a comprarle un cuadro. Un día sonó la campanilla y entró un americano de Oklahoma. Quería un Cézanne. El marchante le mostró seis óleos del pintor, los únicos que tenía, a quinientos francos cada uno. «Si me hace un precio, le compro los seis», dijo el comprador muy sobrado. «En ese caso le cobraré tres mil francos por cuadro.» El americano quiso saber el motivo de semejante veleidad. «Tiene su lógica», contestó el marchante. «Usted sólo me da dinero y a cambio yo me quedo sin un solo Cézanne.» Otro día sonó la campanilla y entró en la tienda un *clochard* muy andrajoso con un pequeño lienzo en la mano. Estaba firmado por un tal Van Gogh y representaba a un tipo de mirada salvaje, la barba rojiza, el rostro anguloso bajo un sombrero de fieltro. Era un autorretrato. El *clochard* estaba dispuesto a cedérselo por cualquier cantidad que le permitiera comprarse una botella de calvados. El señor Vollard reconoció la figura del lienzo a primera vista y le dijo al *clochard* que el cuadro era falso. El autorretrato auténtico de Van Gogh se lo había vendido el propio marcharte al barón de Rothschild y estaba colgado en la chimenea del salón principal de su mansión en París. Puesto que era una copia mala que no valía siquiera una botella de calvados, el *clochard* abandonó el lienzo en la tienda y se largó sin dejar rastro. El falso autorretrato de Van Gogh quedó arrumbado en el suelo entre otros cuadros y cachivaches, de forma que desde la mesa Vollard tenía siempre a la vista aquella figura de rostro de cuchillo, que no le apartaba su mirada salvaje como si le recriminara su pasividad disuelta siempre en una continua modorra. Después de algunos meses esa figura se había convertido en una obsesión. Aquellos ojos estaban vivos y expresaban una verdad. Para salir de dudas, con el lienzo bajo el brazo el marchante se dirigió a la mansión del banquero y pidió comparar los dos autorretratos. Le bastó un solo minuto para llegar a la conclusión de que el Van Gogh auténtico era el del *clochard,* pero cuando preguntó por él en Montmartre le dijeron que se había arrojado al Sena.

Todos los cuadros son falsos mientras no se demuestre lo contrario. Cuando André Malraux fue nombrado por De Gaulle ministro de Cultura inició la labor en el ministerio con dos actos simbólicos: primero obligó a limpiar todas las fachadas de París y después se paseó por todos los museos, tiendas de cuadros y galerías, requisó los lienzos falsos de Utrillo y de Corot que encontraba, hizo con ellos una pira en la plaza de Ravignan y así ardieron al menos trescientos lienzos atribuidos a estos dos pintores. Si un ángel exterminador realizara un vuelo rasante sobre todos los museos y pinacotecas del mundo y acercara su espada flamígera a todas las obras de arte falsas o mal atribuidas desde el tiempo de los faraones hasta hoy serían muy escasas las que resistirían la prueba del fuego hasta el punto de que gran parte de la historia quedaría vacía. Pero demostrar que un cuadro es falso es casi tan difícil como demostrar que es auténtico. Este detalle estuvo a punto de llevar a la horca a Van Meegeren, al falsificador de Vermeer.

Cuando al final de la Segunda Guerra Mundial en la Bélgica liberada comenzó la caza de colaboradores con los nazis, la investigación llegó hasta las oficinas de un banquero en cuyos papeles constaba la venta al mariscal Göring de un cuadro de Vermeer titulado *Mujeres sorprendidas en adulterio*. El banquero se sacudió las pulgas de encima delatando al verdadero vendedor, un tal Van Meegeren, pintor de tercera categoría, quien fue detenido el 29 de mayo de 1945 y después de un juicio rápido condenado a muerte por traición a la patria y colaboración con el enemigo. En el juicio Van Meegeren manifestó en su defensa que había falsificado ese cuadro. No sólo ese, perteneciente a la colección privada de Göring, sino también otros del mismo pintor. Durante años se había vengado de la indiferencia que despertaba su talento falsificando al más grande artista holandés del siglo XVII, del que sólo se conocían treinta y siete obras. De hecho, uno de sus cuadros falsos, *Los discípulos de Emaús,* había sido certificado por Brodius, el especialista de más prestigio, como una obra maestra de Vermeer y la Sociedad Rembrandt lo había adquirido por 170.000 dólares. Los jueces no le creyeron, dada la perfección del trabajo. Pero en este caso su vanidad de artista entró en colisión con la muerte. Pudo haber repetido la hazaña del general Della Rovere, un impostor que se dejó fusilar como héroe, siendo un simple falsario con dotes de actor que había engañado a los nazis. Aunque a Van Meegeren le halagaba que su talento fuera reconocido públicamente ante un tribunal, no estaba dispuesto a arrastrar su vanidad hasta el pie de la horca.

Para demostrar su inocencia pidió que le llevaran a la celda un lienzo y todos los colores, aceites y pinceles necesarios. Comenzó a falsificar el cuadro de Vermeer titulado *Jesús entre los doctores*. Dada la habilidad de su mano, a mitad del trabajo, los jueces cambiaron de opinión. La pena de muerte por traición a la patria, malversación del patrimonio nacional y colaboración con el enemigo fue conmutada por una condena a dos años de cárcel por simple falsificación. Viendo que había salvado el pellejo, Van Meegeren se negó a descubrir su secreto. Cómo envejecía el lienzo, cómo obtenía los mismos pigmentos que usaba Vermeer, cómo disolvía las tintas viejas, cómo sometía al horno la tela para conseguir el craquelado peculiar del siglo XVII, cómo pegaba al lienzo pelos de comadreja sacados de los pinceles de la época y otras manipulaciones todavía más elaboradas se las llevó Van Meegeren a la tumba.

Queda dicho que demostrar la falsedad de un cuadro es a veces una labor muy ardua. En este caso, más allá de la sentencia del tribunal, el juicio continuó entre historiadores y estetas por un lado, físicos y químicos por otro. Unos seguían defendiendo la autenticidad de los Vermeer, pese a la propia confesión del falsificador. Las palabras que adornan los sentimientos estéticos ante cualquier obra de arte pueden formar un laberinto del que es imposible salir. Así sucedía con el cuadro *Los discípulos de Emaús,* hasta que fue sometido a un examen químico en un laboratorio inglés donde se demostró que Van Meegeren había usado fenol formaldehído para disolver las tintas secas y el azul cobalto mezclado en el lapislázuli, dos sustancias que no fueron descubiertas hasta el siglo XIX. Finalmente Van Meegeren había sido científicamente desenmascarado, pero de esta afrenta ya no se enteró, puesto que murió antes de un ataque al corazón en la cárcel, en 1947. Algunas esculturas griegas del Vaticano son de Miguel Ángel y en el Rijksmuseum de Ámsterdam los falsos Vermeer son tanto o más visitados que los auténticos.

Anthony Blunt, el traidor
más elegante

Nunca nadie como este hombre, Anthony Blunt, nacido el 26 de septiembre de 1907 en Bournemouth, hijo de un vicario anglicano, graduado en el Trinity College de Cambridge, llevó tan lejos el juego fascinante de la impostura. En su juventud formó parte del Grupo de Bloomsbury, una cuadra exquisita de seres vestidos con telas color barquillo, diletantes, escépticos, cazadores de mariposas con sombreros blandos, que en los años treinta del siglo pasado establecieron su existencia entre la inteligencia y la neurosis, más allá del bien y del mal. Anthony Blunt fue entre ellos el que más se arriesgó a la hora de lucir con elegancia una doble o triple vida, sin la cual nadie se podía considerar en su medio un hombre interesante.

En la casa de Virginia Woolf, en 46 Gordon Square de Londres, barrio de Bloomsbury, se reunían en las tertulias de los jueves los filósofos Bertrand Russell y Ludwig Wittgenstein, el economista John Maynard Keynes, el escritor Gerald Brenan, el novelista E. M. Forster, la escritora Katherine Mansfield y los pintores Dora Carrington y Duncan Grant y otra gente dorada. Hablaban de arte, de filosofía, de la nueva economía, de psicoanálisis, de teoría cuántica, de los fabianos, de Cézanne, Gauguin, Van Gogh y Picasso; se ponían ciegos de peyote y celebraban fiestas disfrazados de sultanes.

¿A quién no le gustaría tener en el árbol genealógico a un vicario evangelista y haber heredado un dinero purificado por varias generaciones para poder ser un rico y divertido esnob, estéticamente malvado, e ingresar en la aristocracia de la inteligencia después de pasar por el Trinity College? A Anthony Blunt le acompañaba además un físico elegante, el esqueleto que a los elegidos regalan los dioses. Era profesor de Arte en Cambridge, especialista en el pintor barroco Nicolas Poussin y en el arquitecto Borromini; ejercía con gran éxito la crítica en el periódico *The Spectator;* era miembro del Instituto Warburg, un centro especializado en los estudios de iconología renacentista, se había formado en la doctrina marxista durante su etapa universitaria y en cualquier controversia sobre estética tenía la última palabra. Era homosexual y cripto-comunista, dos formas de sentirse al margen del orden victoriano.

Mientras otros miembros del Grupo de Bloomsbury y compañeros de Cambridge en ese tiempo viajaron a Grecia y a Constantinopla con muchos baúles forrados de loneta para compaginar la visión del Partenón o de la Mezquita Azul con la contemplación de niños andrajosos, lo que les permitía ser a la vez elegantes y compasivos, Anthony Blunt en 1933 prefirió visitar Rusia, que estaba en plena ebullición revolucionaria, y allí, después de extasiarse en la vanguardia de los constructivistas, en las nuevas técnicas de la imagen y en el espíritu de fraternidad universal que parecía estar germinando, la NKVD, antecesora de la KGB, aprovechó su emoción para introducirlo en sus redes. El juego comenzó con la fascinación secreta de sentirse izquierdista, culto y antipatriota, unas características que lo llevaban al vértigo del abismo, pero Blunt siguió enredándose aún más en esta baraja cuando después se unió al ejército británico en 1939 e ingresó en la M-15 como espía al servicio de la Corona.

Aunque hoy nos parezca incomprensible, hubo un momento en que la revolución soviética calentó la parte más noble del corazón de muchos estetas, que habían cultivado una rebeldía natural en los colegios de élite en Inglaterra. Creían que el arte también iba a ser liberado de las cadenas de la burguesía y comenzaría a cabalgar en la grupa del mismo caballo de la igualdad entre los hombres más allá de la clase social y del límite de las fronteras. Los más esnobs vivían este ideal con la excitación de una pasión clandestina e inconfesable.

Este historiador de arte inglés fue uno de los Cinco de Cambridge, con Donald Maclean, Guy

Burgess, John Cairncross y Kim Philby, un grupo de espías al servicio de la Unión Soviética desde los años treinta y durante la guerra fría, pero sus compañeros ya habían sido desenmascarados y Blunt, que había trabajado para los servicios secretos soviéticos durante cuatro décadas, era el cuarto hombre, un ser misterioso que permanecía en la oscuridad. Kim Philby, que sólo quería ser espía y no tenía otro horizonte, apareció un día refugiado en Moscú; en cambio Blunt amparaba su existencia como historiador de arte.

Sodomita, comunista críptico y espía doble. Para llevar al límite la excitación dentro de una evanescente decadencia a Blunt sólo le faltaba otro paso de rosca: recibir más honores, cargos y medallas de la Corona a medida que se sentía más traidor a su patria. En 1945 fue designado conservador de la colección de las pinturas reales inglesas, posteriormente llegó a ser asesor personal de la reina Isabel y fue nombrado sir de la Corona Real. Ésta era la parte visible de su personalidad, con su ineludible presencia en el palacio de Buckingham, por donde ambulaba como si fuera su casa con un gato en los brazos.

Los honores continuaron hasta el 15 de noviembre de 1979 en que Margaret Thatcher, en respuesta a una pregunta insidiosa y preparada, lo desenmascaró públicamente en el Parlamento cuando Blunt ya era un anciano. A partir de ese momento comenzaron a salir ratas por debajo de la estética como siempre sucede cuando el culto de la belleza coquetea con el mal. ¿Cómo era posible que un ser tan elegante hubiera cometido tantas villanías? Es uno de los misterios insondables del alma humana. Por otra parte la cacería que a partir de ese día sufrió este personaje siguió el mismo rito del venado viejo que ofrece los ijares a una jauría de perros. Resulta que este profesor sodomita había seducido a algunos alumnos en la universidad, era responsable de la muerte de cuarenta y nueve agentes holandeses, tenía una fortuna en el extranjero, había provocado el suicidio de Virginia Lee, alumna suya; había practicado la pedofilia en el orfanato de Kincora en Irlanda del Norte, había chantajeado al duque de Windsor acusándolo de haber colaborado con los nazis, dio autenticidad con su dictamen a varias falsificaciones de pintura, se confabuló con el marchante Wildenstein para vender un cuadro falso de Georges de La Tour al Metropolitan Museum de Nueva York, le había robado la autoría de un libro sobre Picasso a su alumna Phoebe Pool, le había pedido dinero al barón de Rothschild para comprar un Poussin y no se lo había devuelto, le había sacado un Poussin por una miseria a su amigo Duncan Grant, anciano y desvalido, antiguo compañero de Bloomsbury, y lo había revendido por un precio astronómico a una galería de Canadá. Esta retahíla de cargos comenzó a sonar como mantras en todos los tabloides y ha sido recogida por muchos historiadores.

Anthony Blunt renunció a defenderse. Elevó la hipocresía a una categoría estética y se limitó a soportar el abandono de sus amigos y la degradación pública con la mayor desenvoltura, como si se tratara de otro juego, de otra ficción. Cuando en 1979, sentado ante un tribunal, el fiscal le preguntó: «¿Es usted consciente de que ha sido traidor a la patria?», el elegante anciano Anthony Blunt carraspeó ligeramente y con el mejor acento de Cambridge contestó: «Me temo que sí». No es posible concebir una respuesta más arrogante. Y así hasta su muerte, que sucedió en 1983, en medio de las cenizas del olvido.

Ezra Pound: santo laico, poeta loco

La mezcla de un santo laico y de un poeta loco da como resultado un profeta. Hubo uno que se llamó Ezra Pound. Nació por casualidad el 30 de octubre de 1885 en el poblado perdido de Hailey, en Idaho, profundo Oeste de Norteamérica, donde su padre fue a inspeccionar una mina de oro de su propiedad, pero a los seis meses lo devolvieron a Nueva York y allí paseó la adolescencia como un perro urbano sin collar ni gloria alguna. Se licenció en lenguas románicas por la Universidad de Pensilvania. Fue maestro de escuela, recusado muy pronto por raro. Tuvo una primera novia, Mary Moore, que un día le preguntó por su casa. Ezra contestó que su casa era sólo su mochila y que cargaba con ella. Cuando su madre, Isabel Weston, abandonada por el marido, se recluyó en un asilo, el poeta, con veinte años, cogió los bártulos y se fue a Inglaterra en busca de los escritores y otros colegas que admiraba, Joyce, D. H. Lawrence, Eliot, Yeats, y compartió con ellos la admiración con la emulación, alimentado sólo con patatas. Desde el principio demostró que su audacia literaria carecía de límites. Yeats le entregó unos poemas para que los mandara a la revista *Poetry* de Chicago y el joven discípulo se permitió corregirle algunos versos de propia mano antes de ponerlos en el correo. Después del ataque de cólera, Yeats admitió que las correcciones habían mejorado el original y añadió: «Ezra tiene una naturaleza áspera y testaruda, y siempre está hiriendo los sentimientos de las personas, pero creo que es un genio».

Parece que este zumbado vino al mundo, como los fieros catequistas, con el único propósito de hacer cambiar de opinión o de convencer de algo inútil a cuantos le rodeaban, siempre y en cualquier lugar, un empeño que estuvo a punto de llevarle ante el pelotón de fusilamiento. Fue uno de esos tipos que luchan denodadamente a lo largo de la vida para alcanzar el propio fracaso y no cesan de combatir hasta conseguirlo. Ezra Pound inició su aventura literaria en Londres, la siguió en el París de entreguerras, luego en Rapallo, después en el manicomio penitenciario de St. Elizabeth en Washington, donde estuvo condenado doce años por traición a la patria, y finalmente entregó su alma atormentada en Venecia el 1 de noviembre de 1972.

La primera regla era hacerse notar, bien por la suprema actitud de desvivirse siempre por sus colegas, bien por cometer cualquier excentricidad que le hiciera visible en todo momento, entre aristócratas y bohemios. Durante un banquete en Londres en homenaje a D. H. Lawrence, sintió que Yeats estaba acaparando toda la atención. Para contrarrestar esta pequeña gloria, a la hora de los postres Ezra Pound se comió un tulipán rojo del ramo que adornaba la mesa y viendo que no era suficiente con uno se comió otro más y no cesó de comer flores hasta reclamar todas las miradas. Total para nada, pero al final en aquel banquete levantó una buena pieza, la que sería su mujer, Dorothy, hija de la aristócrata Olivia Shakespear, amante de Yeats.

Se consideraba un hombre reducido a fragmentos e imaginaba el universo como un poema roto. Para recomponerlo lo convertía todo en poesía, su propia vida, las noticias de los periódicos, los datos de la economía, los episodios de la Biblia, las cotizaciones de Wall Street, los partes meteorológicos, la filosofía de Lao-Tsé, el carro de la basura, la gloria de los griegos y todos los desechos de la historia. Metabolizaba textos ajenos, aspiraba el detritus que el ganado humano iba dejando a su paso y convertía cada mínimo excremento en una punta de diamante, como si recogiera todo el material que había quedado fuera de la *Divina Comedia* para someterlo a ritmo interno y forma libre.

Pero en medio de esta elevada vorágine del espíritu tuvo una bajada. Un día se hartó de ser pobre y volvió a Nueva York tentado por el dinero crudo. A medias con un socio tostado como él emprendió un negocio de medicamentos antisifilíticos para venderselos a los ricachones de África. La ruina le llevó de nuevo a la poesía y ésta al París del Barrio Latino, años veinte, y allí formó parte de la Generación Perdida en torno a la gallina clueca de Gertrude Stein y de la celeste librera Sylvia Beach, junto con Dos Passos, Scott Fitzgerald y la recua de pintores de Montparnasse. Aunque Hemingway había dicho que Ezra tenía ojos de violador fracasado, luego en 1925 escribió: «Pound, el gran poeta, dedica una quinta parte de su tiempo a su poesía y emplea el resto en tratar de mejorar la suerte de sus amigos. Los defiende cuando son atacados, hace que las revistas publiquen obras suyas y los saca de la cárcel. Les presta dinero. Vende sus cuadros. Les organiza conciertos. Escribe artículos sobre ellos. Les presenta a mujeres ricas. Hace que los editores acepten sus libros. Los acompaña toda la noche cuando aseguran que se están muriendo y firma como testigo sus testamentos. Les adelanta los gastos del hospital y los disuade de suicidarse. Y al final algunos de ellos se contienen para no acuchillarse a la primera oportunidad». De hecho, Pound reunió el dinero que permitió a Joyce terminar el *Ulises,* aunque luego no pudiera soportar la fama que estaba acaparando el libro. Antes ya le había ayudado a publicar *Retrato del artista adolescente* por capítulos en la revista americana *The Egoist.*

Entre su egocentrismo legendario y la generosidad sin límites, el alma de Ezra Pound tuvo siempre dos vertientes: una le llevaba a la santidad; otra, a cometer cualquier bajeza. De la misma forma que no encontraba barrera alguna entre la prosa y el verso, tampoco distinguió el judaísmo de la usura y la estética fascista de la redención de la especie humana. Un día le dio por la economía y la política y la emprendió con ellas como un filósofo individualista, esteta desesperado, socialista aristocrático y anticapitalista. Había asistido a la marcha de Mussolini sobre Roma. Comenzó a clamar contra los que se lucraban con el trabajo ajeno, y su propia exaltación poética le llevó a atacar la plusvalía y los préstamos usureros que practicaban los judíos. De pronto, en 1939 se encontró ante un micrófono en Italia transmitiendo por Radio Roma alegatos fascistas contra su propio país, primero bajo su firma, luego con soflamas anónimas. Cuando el ejército norteamericano invadió Italia, el poeta fue apresado y primero lo exhibieron públicamente en una jaula como a un mono durante varias semanas en Pisa. Después lo llevaron a Washington para ser juzgado como traidor a la patria. Los amigos le echaron una mano. Se prestaron a testificar que ya era un demente en Londres y en París. El juez asumió estos testimonios en su veredicto y lo salvó de morir fusilado a cambio de pasar doce años encerrado en un manicomio. Y al final de esta condena un juez llamado Bolitha J. Laws, en 1958, lo volvió a declarar loco, pero inofensivo, y lo dejó en libertad, con la barba ya florida de ceniza. Y entonces Pound anunció: «Cualquier hombre que soporte vivir en Estados Unidos está loco» y se fue a Italia. Murió en Venecia a los ochenta y siete años en brazos de su hija. Poco antes se paseaba por el jardín entonando sus excelsos cantares rotos e inconexos como si aún estuviera exhibido en público como un mono en la jaula. En realidad sólo fue un incendiario que trató de quemar el mundo con sus versos.

Arthur Rimbaud: Yo es otro

Se trata de saber por qué un niño angelical de ojos azules y bucles dorados pudo convertirse en el adolescente más depravado sin haber perdido la inocencia; por qué un poeta superdotado, creador del simbolismo, el que usó por primera vez el verso libre, el que inauguró la estética moderna, abandonó la literatura a los diecinueve años, en la cumbre de su genio, y se convirtió en un contrabandista de armas y sólo entonces fue feliz. Este enigma ha dado de comer a centenares de críticos literarios. Llegar al alma de Rimbaud siempre se ha considerado una proeza de la psicología humana.

Había nacido en Charleville, un lugar de las Ardenas, Francia, en 1854, hijo de un capitán borgoñés, que consiguió la Legión de Honor en las batallas de Argelia y que una tarde de verano mientras paseaba por la plaza del pueblo y escuchaba la banda de pistones que sonaba en el templete de la música conoció a Marie-Catherine-Félicité-Vitalie Cuif, una joven nada agraciada, pero lo suficiente hacendada y ya heredada como para poner en marcha el mecanismo del amor, hasta el punto de que la desposó sin mirar atrás, le llenó el vientre con cinco hijos seguidos y luego la abandonó a su suerte. El capitán desapareció sin dejar rastro cuando Arthur tenía siete años. Puede que fuera su primer trauma. El niño quedó a merced de una madre autoritaria, sólo poseída por la obsesión de parecer respetable en una pequeña ciudad de provincias. Vitalie llevaba a sus hijos a misa muy repeinados, les prohibía jugar en la calle con hijos de obreros y de los cinco hijos sólo uno se le rebeló.

El cuerpo y el alma de Rimbaud fueron puros y transparentes cuando de niño se perdía en los bosques, donde aprendió a unir los sonidos de la naturaleza a las voces oscuras que se oía a sí mismo por dentro y a expresar esa sensación con el ritmo de unas palabras de su exclusiva propiedad, nunca antes pronunciadas. A una edad muy temprana ya escribía diálogos y versos en latín ante la admiración de sus maestros, que le hicieron ganar todos los premios en la escuela. El niño huía, se perdía varios días, pero cargado con el rumor de agua y de vientos siempre acababa por volver a casa, donde le esperaba la correspondiente paliza. Un día no volvió. Se había enamorado de su nuevo maestro, el profesor de literatura Izambard, y le siguió como una huida adondequiera que fuera trasladado y con él compartió el poder visionario de la poesía a través de una larga, inmensa y racional locura de todos los sentidos.

Cuando Rimbaud en 1870 se fugó por primera vez a París tenía dieciséis años y todavía parecía una niña de tez delicada, ni siquiera le había cambiado la voz, pero ya componía poemas obscenos y violentos en una perenne lucha interior entre el ángel y el demonio que no terminaría nunca. Perdido por los caminos escribía *Muera Dios* en las paredes de las iglesias y ése era el único rastro que dejaba. Su admirado Baudelaire, poeta maldito, cuando escribió *Las flores de mal,* aún iba muy acicalado, incluso perfumado. Los poetas tenían todavía un carácter sagrado y un porte respetable. Rimbaud fue el que inauguró los harapos de bohemio y el pelo largo, fue el primero en divertirse provocando a los burgueses con una conducta caótica, obscena e irreverente y antes de que se pusiera de moda comenzó a experimentar cualquier clase de vicio como una conquista de la libertad.

En su huida Rimbaud atravesó todos los frentes mientras en Francia se desarrollaba la guerra franco-prusiana. Su cuerpo adolescente despertó a la sexualidad de forma brutal. Fue violado por un pelotón de soldados. Hasta entonces sólo había pensado en el amor dirigido hacia una mujer ideal, asexuada, y tal vez una amarga experiencia con una mujer concreta había dejado una herida abierta que le obligó a volverse contra todas las mujeres, empezando por su propia madre. Pero la violación acabó por romperle el alma. La historia de Rimbaud es la de sus continuas fugas sin paradero determinado, primero entre versos parnasianos inspirados en el ocultismo oriental y en la magia, luego con poemas sacados directamente del infierno, que había aprendido en el París revolucionario de la Comuna.

Un día el adolescente Rimbaud le escribió una carta a Paul Verlaine y le adjuntó varios poemas. Verlaine quedó asombrado y le contestó a vuelta de correo: «Ven, querida gran alma. Te esperamos, te queremos». Junto con la carta Verlaine le mandó un billete de tren a París. Rimbaud llegó en septiembre de 1871. El choque emotivo fue terrible. Verlaine abandonó a su esposa y a su hijo recién nacido y comenzó a vivir una aventura homosexual con Rimbaud cuando éste, todavía con cara de niño, tenía ya un alma negra. En plena y mutua tempestad viajaron a Inglaterra, a Holanda, a Alemania. Se amaban en oscuros jergones, se peleaban en las tabernas, iban por las calles como dos vagabundos rehogados en ajenjo, alucinados por el hachís y escribían poemas visionarios. En julio de 1873, después de una violenta pelea de celos en la mansión de la Rue des Brasseurs de Bruselas, Verlaine le disparó en la muñeca. Temiendo por su vida, Rimbaud llamó a la policía. Verlaine fue condenado a dos años de prisión. Al salir se volvieron a encontrar en Alemania y en otra disputa Rimbaud le rajó la cara con una navaja. Fruto de esta experiencia fueron *Ilumina-ciones* y *Una temporada en el infierno,* las dos obras de Rimbaud que inauguraron la estética moderna. Tenía diecinueve años. Ya había llegado el momento de sentar la cabeza. Rimbaud quería ser rico, quería ser un caballero. Se convirtió al catolicismo y dejó de hacer poesía, que consideraba una forma de locura.

En el verano de 1876, se enroló rumbo a Java como soldado del ejército holandés. Desertó y volvió en barco a Francia. Luego viajó a Chipre y, en 1880, se radicó en Adén (Yemen), como empleado en la Agencia Bardey. Allí tuvo varias amantes nativas; por un tiempo vivió con una abisinia. Tal vez engendró un hijo o dos o los que fueran. En 1884 dejó ese trabajo y se transformó en mercader de camellos por cuenta propia en Harar, en la actual Etiopía. Luego hizo una pequeña fortuna como traficante de armas para reyezuelos de la región que estaban siempre en guerra. La poesía quedaba atrás como una locura lejana. En esta etapa de su vida Arthur Rimbaud se comportó con la seriedad fiable de un perfecto burgués. Nada de escandalizar, ni de provocar, ni de saltarse las reglas. Era respetado por sus proveedores, pagaba las deudas antes de su vencimiento, saludaba con educación a sus vecinos, se quitaba el sombrero y besaba la mano de las damas. Tal vez le daba un poco de risa recordar que un día dijo que el poeta debía convertirse en un vidente a través de la convulsión de los sentidos. Si se trataba de registrar lo inefable con palabras nuevas ahí estaba el libro de ingresos y gastos. La nueva alquimia verbal que descubrió de adolescente perdido en los bosques ahora tenía una traducción en la letra de cambio y la nueva alucinación se producía al abrir el cargamento de fusiles que revendía a diez veces su precio a cualquier tirano. Y así hasta que su pierna derecha desarrolló tempranamente un carcinoma y tuvo que regresar a Francia el 9 de mayo de 1891, donde días después se la amputaron. Finalmente murió en Marsella unos meses después a la edad de treinta y siete años.

El triple salto mortal
de Suzanne Valadon

La pintora Suzanne Valadon tenía de su origen más de diez versiones distintas. Presumía de haber nacido mientras su padre estaba en la cárcel por ideas políticas o por fabricar moneda falsa, según le daba. Unas veces decía que era hija de un castellano riquísimo, otras que había sido abandonada y alguien la encontró en una cesta de ropa. Lo único cierto, según el registro civil, es que nació el 23 de septiembre de 1865, en Bessines-sur-Gartempe, un pueblo del Lemosín, y su madre Madeleine era una costurera de la casa Guimbaud, que no supo decir quién, entre todos los que pasaron por encima de ella, la había embarazado.

A los catorce años la niña se fugó a París y su madre la buscó hasta encontrarla por Montmartre como una perra perdida, que sobrevivía robando fruta y botellas de leche de las paradas. Entonces todavía se llamaba Marie-Clémentine, nombre con que fue bautizada.

Tenía una bonita figura, un cuerpo maduro que a los diez parecía de quince años. Aprendió las primeras cosas de la vida gracias a un amigo que la colaba por la tarde en el Cabaret de los Asesinos, en Pigalle, donde los cantantes ensalzaban al amor ante un público de anarquistas. Un día fue abordada en la calle por un atleta moreno, de bigotito engomado, que trabajaba en un circo. «Oye, niña, ¿no te gustaría ser artista?», le dijo. Si aceptaba ser acróbata la vestirían de gasas y lentejuelas y le enseñarían a cabalgar de pie sobre un caballo arreado con un látigo. La chica aceptó. Así la vio trabajar Toulouse-Lautrec en el circo Mollier. Le gustaba todo lo que proporcionaba este oficio, la gente, las luces, los aplausos, los amigos con los que mataba la noche en la taberna con dinero de bolsillo al amparo de una cazalla. Por el circo pasaban los pintores Degas, Renoir, Puvis de Chavannes y otros artistas que dibujaban sus senos de manzana desbridados sobre el corsé.

Marie-Clémentine quiso ir más allá. Le gustaba ser trapecista. Un día, sin estar preparada, subió al mástil, empuñó las anillas y al realizar un salto mortal cayó en la pista del circo y quedó medio descalabrada. No tardó en reponerse y entonces una amiga le dijo: «Con lo guapa que eres, ¿por qué no te haces modelo?». Le presentaron al pintor Puvis de Chavannes, un simbolista que pintaba ninfas, apolos y minervas floreadas. Fue aceptada. Por su parte la joven también dibujaba, pero ésa era su pasión secreta. Aprendía de otros pintores, para los que posaba ante los celos de su protector. Renoir la había pintado con la frente abombada, secándose el pelo, bailando con sombrero de flores; Toulouse-Lautrec la había dibujado sentada, la mano en el mentón frente a una botella y un vaso, la boca amarga, los ojos turbios; Degas la había inmortalizado atándose la zapatilla de ballet, pero de todos ellos, ¿quién la había embarazado? Se daba por descontado que había sido Puvis de Chavannes, su enamorado protector, un viejo del que todo el mundo en Montmartre se burlaba, porque la niña cuando dio a luz sólo tenía dieciséis años. El padre también pudo ser Renoir, un hombre sensual que pintaba mujeres muy carnales. Quienquiera que fuera el responsable, la historia se repetía. Un padre desconocido había embarazado a una costurera del Lemosín, la cual parió a una pintora que se llamaría Suzanne Valadon. A su vez esta pintora, fruto también de un amante desconocido, parió a un hijo que el mundo conocería con el nombre de Maurice Utrillo. Fue el 26 de diciembre de 1883. «Un mal regalo de Navidad que le hice a mi madre aquel día», dijo el pintor borracho perdido veinte años después.

Entre todos sus amantes fue Toulouse-Lautrec quien la llevó más lejos. Él era aristócrata y minusválido; ella era pobre, sensual y generosa y sólo podía ofrecerle su desesperación, pero los dos amaban la bohemia sobre todas las cosas. Cuando regresaba de las sesiones de modelo o de tomarse un pan rociado con vino tinto en la Posada del Clavo, donde tocaba el piano su amigo Erik Satie, la chica se encontraba en la puerta de casa un ramo de flores de Lautrec con una nota: «Vale para unos vasos de vitriolo». Un día el pintor descubrió los óleos y dibujos que la chica realizaba de noche en secreto. Quedó fascinado por su fuerza expresiva, por su realismo. Los mostró a los amigos. «¿A ver si sabéis de quién son?» Eran de aquella jovencita. Entonces Lautrec le quiso cambiar el nombre. Nunca podría ser una buena pintora llamándose Marie-Clémentine. Puesto que posaba desnuda para viejos, le propuso el nombre de Suzanne. Después de bautizarla con ajenjo en medio de una gran fiesta, en adelante se llamaría Suzanne Valadon. A ese sarao de beodos asistió un tipo silencioso que no se movió de un rincón. Llevaba una tela bajo el brazo y, como nadie se dignó dirigirle la palabra, se esfumó sin despedirse. Era Vincent van Gogh.

Mientras Suzanne Valadon comenzaba a ser admirada como artista, su hijo Maurice todavía sin apellido estaba al cuidado de la abuela y ya era un alcohólico violento a los doce años. «Los lobos no pueden parir corderos», pensaba la madre. En ese tiempo Suzanne tenía como amante a un joven abogado, muy rico, llamado Mussis, que la forzaba a llevar una vida burguesa, pero no quiso hacerse cargo de aquella criatura tan problemática. Fue un antiguo admirador, Miguel Utrillo y Molins, un periodista español, quien se avino por compasión a darle su apellido al muchacho para ver si se calmaba y el 27 de febrero de 1891 en la alcaldía del distrito noveno de París firmó en el registro el reconocimiento de la paternidad, siendo testigos un empleado y un camarero que pasaba por allí. A partir de ese momento comenzó la leyenda de Maurice Utrillo, que sería la gloria y el tormento de su madre.

Suzanne Valadon no soportaba vivir en una casa de campo rodeada de comodidades. Pronto abandonó a su amante ricachón y volvió a la bohemia de Montmartre con sus amigos. Traía dos perros lobos, un gato famélico que había encontrado por el camino, una cabra, incluso traía también una pequeña cierva que en el último momento había arrebatado del cuchillo del matarife, aparte de telas, bastidores, tarros y botellas; con todo este lastre se volvió a instalar en la calle Cortot. Allí Suzanne pintaba mientras la abuela guisaba y su hijo Maurice entraba y salía de los centros de desintoxicación y lentamente se convertía en un artista callejero que pintaba *souvenirs* de Montmartre rodeado de curiosos a cambio de una botella de vino.

Cuando ya Suzanne Valadon era una pintora consagrada, una postimpresionista con la estética de los *nabis,* su hijo le trajo a un joven amigo a casa, también pintor, un tal Utter. Suzanne lo hizo su amante.

Vivieron juntos de forma convulsa hasta que la bohemia que ella llevaba en la sangre lo rodeó de una atmósfera irrespirable. En 1936 ella aún recibía a los amigos en la plaza de Tertre a los gritos de viva el amor, pero lentamente su vida sin Utter y sin su hijo Maurice, que había desaparecido, ya no tenía sentido. Sus amigos la encontraban con las zapatillas rotas, los mechones blancos desgreñados, y cuando le preguntaban si recordaba los viejos tiempos con los pintores Lautrec, Renoir, Degas, Puvis de Chavannes, ella respondía: «Eran todos unos idiotas, pero es curioso, nunca dejo de pensar en ellos». Suzanne Valadon murió de una hemorragia cerebral a los setenta y dos años, el 7 de abril de 1938, en la ambulancia que la conducía a la clínica. Aquella niña trapecista había dado el triple salto mortal: ser una pintora famosa con precios millonarios, parir a un genio y pasar juntos los dos a la historia.

Paul Gauguin: sólo hay que atreverse

Hacia 1870, con sólo veintidós años de edad, al cerrar cada tarde su despacho, Paul Gauguin salía del banco Bertin, donde trabajaba de liquidador, y atravesaba la rue Laffitte fumando un cigarro inglés, vestido con ropa cara, pantalones de tubo bien cepillados, botines charolados y levita de terciopelo con corbata de plastrón. Era la imagen del joven burgués respetable, envidiado, bien comido, con las mejillas sonrosadas y así al caer la tarde llegaba a casa, un hotel con jardín, en la calle Carcel, y le daba un beso a su mujer Mette-Sophie Gad, una danesa protestante, con cinco hijos. En el banco le permitían especular en Bolsa por su propia cuenta, lo que le producía unos cincuenta mil francos al año de ganancia añadida.

Esta fortuna de Gauguin le proporcionaba el placer de comprar cuadros de algunos pintores malditos que habían sido rechazados por el jurado del salón de la Exposición Universal en 1867. En este aspecto se notaba que no era un burgués como los demás. Por quince mil francos había adornado sus paredes con obras de Renoir, Cézanne, Monet,

Pissarro, Manet, Sisley y de otros proscritos por la crítica del momento. De pronto, un extraño virus se apoderó de su espíritu. Después del trabajo en las finanzas, Gauguin se ponía un guardapolvo manchado y comenzaba a pintar. Al principio su mujer consideraba esta afición un mero pasatiempo, que toleraba a regañadientes, sobre todo si los domingos optaba por seguir ensuciando lienzos en lugar de llevarla al teatro o a pasear al Bois de Boulogne con sus hijos. Un problema grave con esta mojigata surgió cuando este artista aficionado pidió a su criada Justine que posara desnuda para él una noche.

Pero el asunto se agravó aún más al saber que uno de estos desnudos de Justine había sido admitido en el Salón de los Independientes y había obtenido una crítica muy favorable y emocionada del gran poeta Mallarmé, un éxito que acabó por romperle la cabeza. Una mañana de enero de 1883 Mette se extrañó al ver que no se levantaba de la cama para ir al despacho. Pensó que estaba enfermo, pero su marido le dijo con un tono resuelto: «Nunca más volveré a trabajar en el banco. He presentado la dimisión al director. A partir de hoy voy a ser sólo pintor».

Ese día comenzó su trayecto hacia la gloria, previa travesía del infierno. Para satisfacer esta nueva pasión echó mano de los ahorros y al quedarse muy pronto sin dinero Gauguin ensayó la bohemia, pero su mujer no estaba dispuesta a soportar penurias, lo dejó solo en París y se fue con los cinco hijos a Dinamarca, a casa de los padres. Por su parte el artista reculó hasta Rouen, donde la vida es más barata. Pintaba a medias con el hambre y cuando ya no pudo remediarla acudió con las orejas gachas a casa de sus suegros en Copenhague, donde, no sin desprecio y tomado por impío, aquellos ortodoxos le asignaron un cuarto con un ventanuco sin apenas luz y en aquel trastero no tuvo otra alternativa que pintarse a sí mismo, su rostro con bigotón, la mirada torva de soslayo ante el espejo y su perfil de cuchillo.

En junio de 1885 Gauguin regresó sin dinero a la vida sórdida en París y vivió entre cuatro paredes, con una mesa, una cama, sin fuego, sin nadie. Buscó remedio largándose a Pont-Aven, donde había una cuadrilla de pintores en torno a una pensión que concedía créditos a los artistas. Su dueña Marie-Jeanne Gloanec, aceptaba cuadros por una cama y comida. Dando guindas con aguardiente a los pavos y pintando cerdos con colores para divertirse supo que uno de sus hijos había muerto y que su mujer tenía un cáncer, pero el artista rezó por el muerto, deseó que su mujer encontrara un buen cirujano y siguió su destino: algunas modelos posaban desnudas en la buhardilla de la pensión, pintaba bretonas y verdes paisajes con vacas sin conseguir vender un cuadro.

Un amigo, Meyer de Haan, había creado una fábrica muy rentable de bizcochos en Holanda. Gauguin acudió a su llamada, probó suerte, pero se aburrió enseguida. Sin que el virus del arte le abandonara se abrió hacia Panamá al amparo de unos parientes, trabajó en la perforación del canal, partió luego hacia Martinica y allí percibió por primera vez el viento salvaje y la luz pura de primitivismo. Fue una revelación. Volvió a París acompañado de un macaco que se haría su pareja inseparable. Iba acumulando cuadros que eran humillados en las galerías y en las subastas. Enamorado de la obra de Van Gogh, partió hacia Arles para trabajar con él. Eran dos clases de locura que pronto entraron en colisión mediante continuas disputas, primero estéticas, luego con las manos. Al final de una trifulca Gauguin abandonó a Van Gogh y éste en medio de la tormenta se cortó una oreja y se la regaló a una puta. Gauguin puso varios mares por medio hasta llegar a Tahití. Allí encontró entre la floresta a Tehura, su modelo ideal. La pintó obsesivamente. Expresó sus visiones en planos simbolistas sintéticos y con una carga magnífica de nuevos trabajos, instalada la felicidad e inocencia preternatural en unos cuerpos indígenas, volvió a París para mostrar su nueva estética. El 4 de noviembre de 1893 expuso cuarenta y cuatro lienzos y dos esculturas en una galería de Durand-Ruel de la calle Laffitte. Los burgueses llevaban a sus hijos a la exposición para que se burlaran de los mamarrachos que pintaba un tal Paul Gauguin. Se decía que era un loco que hacía años había abandonado el oficio de banquero, a su mujer y a sus cinco hijos para dedicarse a pintar. La gente arreciaba en las risas ante cuadros de javanesas desnudas junto con el espíritu de los muertos. En una subasta se exhibió al público por error boca abajo uno de sus cuadros que representaba un caballo blanco. El subastador exclamó: y aquí ante ustedes las cataratas del Niágara. En medio de las carcajadas del público un marchante superdotado, Ambroise Vollard, pujó por el cuadro y se lo llevó por trescientos francos.

Con la promesa de que este galerista le mandaría un dinero mensual para que siguiera pintando, cosa que no cumplió, Gauguin se despidió definitivamente de la civilización para volver al paraíso. La noche antes de poner rumbo a Tahití de nuevo le abordó una ramera en una calle en Montparnasse. Y de ella como regalo se llevó una sífilis al paraíso de la Polinesia donde se inició la gloria y la tortura. Rodeado de los placeres de la vida salvaje y del amor de los indígenas, adolescentes felices, desnudos entre los cocoteros, su pintura no necesitaba ninguna imaginación, pero su cuerpo había comenzado a pudrirse. Primero fue un pie, luego la pierna y finalmente el mal le subió hasta el corazón.

Realmente Gauguin ya era un leproso cuando decidió adentrarse aún más en la pureza salvaje y se fue a Hiva Oa, una de las islas Marquesas, a vivir entre antropófagos, y es cuando sus lienzos alcanzaron la excelencia que lo haría pasar a la historia como uno de los pintores más cotizados. En el lecho de la agonía lo cuidaban unas jóvenes polinesias y a su lado estaba llorando desconsolado uno de los antropófagos, quien al verlo ya muerto le mordió una pierna para que su alma volviera al cuerpo, según sus ritos. Los indígenas rodearon la cabaña. Vistieron el cadáver a la manera maorí. Lo untaron con perfumes y lo coronaron de flores. Un obispo misionero rescató los despojos para enterrarlos en un cementerio católico. Bajo el jergón Gauguin había dejado sólo doce francos en moneda suelta. Eso sucedió en Atuona, el 9 de mayo de 1903, a sus cincuenta y cuatro años. La obra de Gauguin se compone de unos trescientos cuadros y es sin duda hoy el pintor más cotizado de la historia del arte.

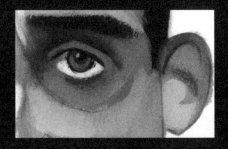

La milagrosa boda
de Maurice Utrillo

La primera en darse cuenta de que aquel borracho de Montmartre, de quien todo el mundo se burlaba, era un gran artista, fue Marie Vizier, una madama que regentaba el cabaret La Belle Gabrielle, con suficiente carácter como para echar a patadas a los clientes que se ponían pesados. Maurice Utrillo estaba enamorado de ella, pero la prostituta le había impuesto una condición: «Cada vez que quieras acostarte conmigo, me traerás un cuadro. Si no hay pintura, no hay amor». Utrillo era entonces sólo un bohemio alcoholizado, artista desconocido, hijo de la famosa pintora Suzanne Valadon, que trataba de protegerle sin éxito. «Sólo un milagro podrá salvarlo cuando yo muera», solía repetir todos los días. Ahora vivía en la trastienda del pequeño restaurante Tentempié, propiedad de un antiguo guardia municipal, el llamado tío Gay, reconvertido en cabaretero, que recibía de la madre en secreto una exigua cantidad de dinero para que le diera de comer y le dejara dormir.

Por ese tiempo Maurice Utrillo plantaba el caballete en cualquier esquina de Montmartre y pintaba sus rincones y callejuelas para los turistas a cambio de una botella de vino. A veces lo invitaban a un trago en cualquier taberna y junto al mostrador algunos golfos le echaban cerillas y la ceniza del cigarrillo en el vaso para provocarle. Si esta broma terminaba en reyerta, siempre tenía las de perder, tirado en la acera donde lo recogía un guardia para llevarlo a la comisaría. Marie Vizier tuvo olfato suficiente para saber que aquel pobre diablo tenía un talento comparable al de su madre.

Harto de pintar en la calle rodeado siempre de mirones, Utrillo comenzó a copiar los paisajes de Montmartre directamente de las tarjetas postales y los exponía en los escaparates de tahonas, carnicerías y fruterías del barrio. Esas tiendas fueron sus propias galerías y sus dueños sus primeros marchantes. Las transacciones y reventas al alza las realizaron los mismos menestrales de Montmartre. Estos tenderos le cambiaban sus cuadros por comida y algunos de ellos, atacados por el virus del arte, se hicieron famosos al convertirse en galeristas profesionales de la calle Laffitte. Llegó un día Octave Mirbeau, el escritor y crítico de moda, vio uno de sus trabajos y contó a los amigos: «He descubierto a un desecho humano, borracho epiléptico, que es un verdadero genio. Daos prisa a comprar porque no le queda mucho tiempo». Los precios de Utrillo comenzaron a calentarse hasta el punto de que el policía que a veces lo llevaba detenido después de una borrachera sonada le pedía un cuadro para dejarlo en libertad y el sargento le exigía dos por cuestiones de rango.

El éxito comenzó cuando uno de sus cuadros fue aceptado en el Salón de Otoño de 1909. Al año siguiente expuso en la galería Drouet y en vista de que las cosas comenzaban a marchar bien, el dueño del restaurante Tentempié y el pintor firmaron un papel en el que éste se comprometía a pintar sin salir de la habitación durante un mes para regenerarse del estado de abyección que le producía el alcohol. Utrillo era visitado asiduamente por brotes de esquizofrenia que desembocaban en una patente locura y había exigido estar encerrado bajo llave y no ser liberado pese a los gritos y escenas violentas que pudiera producir. Una mañana saltó por la ventana y desapareció. La mujer del patrón descubrió que se había bebido el frasco de colonia.

El remordimiento por el dolor que causaba a su madre no le abandonó nunca. «Mi madre es una santa y yo soy un miserable borracho», decía a pie de mostrador en las tabernas. Después de meses de andar perdido de prostituta en prostituta, recalaba en los brazos amables de la cabaretera Marie Vizier, o se amparaba de nuevo en el restaurante del tío Gay y finalmente una noche inesperada a altas horas de la madrugada volvía a casa. Su madre bajaba en camisón y le decía: «Anda, Maurice, ven a acostarte». Había comenzado a beber a los doce años. Se creía que su desequilibrio se debía a que el muchacho no había aceptado que su padre fuera un desconocido, por eso el periodista Miguel Utrillo se avino a darle el apellido, pero el diablo del alcohol que llevaba dentro le impulsaba a la destrucción.

Pasaba por periodos de desintoxicación en el sanatorio psiquiátrico de Sannois y uno de sus primeros marchantes, Libaude, corría con los gastos de la cura. En esa casa de salud encontraba la paz, la soledad del campo, el tedio y la sobriedad. Y su madre, que iba a visitarlo todos los días, veía que esa nueva serenidad se hacía evidente en la mayor hondura de su trabajo. Todo daba a entender que podía salvarse una vez más de la terrible maldición de Montmartre, sobre todo al comprobar que su hijo había entrado en un periodo de misticismo religioso y le había dado por pintar las fachadas de las catedrales, que no conocía sino a través de las tarjetas postales. La destrucción de la catedral de Reims con el bombardeo de la Gran Guerra lo volvió loco y transformó sus ruinas en uno de sus cuadros más bellos e intensos. Había comenzado a mezclar yeso con la pintura y a medida que su vida estaba más arruinada su obra alcazaba una cotización más elevada.

Suzanne Valadon se estaba haciendo vieja y sentía que podía morir dejando a su hijo desamparado. Había intentado casarlo con distintas amigas, al margen de la atracción sensual de Marie Vizier y de otros amores mercenarios, pero de pronto se produjo el milagro. Una noche en que la madre regresaba a casa fue abordada por una pareja de extranjeros. Eran el banquero belga Robert Pauwels y su mujer Lucie Valore, aficionados a la pintura, que querían conocer a su admirado pintor Utrillo. Lo encontraron con su actitud habitual, el codo sobre la rodilla, la mirada ausente fija en el suelo. Años después, Lucie recordaría que Utrillo levantó los ojos y ella descubrió una extraña llama en su mirada. Pudo notar que había quedado deslumbrado por su belleza. Y al despedirse él le suplicó a su madre: «Búscame una mujer como la señora Pauwels para casarme».

En 1933 el señor Pauwels tuvo la buena idea de morirse y Lucie, liberada del banquero, todavía joven y seductora, recobró los viejos sueños de ser artista. Fue a visitar a una echadora de cartas, quien le dijo que aunque su primer matrimonio fue feliz, ahora le esperaba para casarse con ella el hombre más importante de Francia. Vestía de gris azulado, estaba rodeado de lienzos y su nombre era Utrillo. De pronto por los garitos, cabarés y tabernas de Montmartre comenzó a cundir el rumor de que Utrillo se casaba con una aristócrata millonaria. «¿Qué va a ser de mi pobre Maurice cuando yo muera?» Lucie recordaba estas palabras de la madre de Utrillo y las tomó como una revelación. Se decidió que la boda se celebraría en la catedral de Chartres que el novio había pintado tantas veces. De camino hacia ese destino Utrillo exigía rezar en cada iglesia del camino. La boda se produjo en Angoulême y fue bendecida por el obispo Palmer, de origen español. Esa misma mañana la novia, vestida ya de blanco, tuvo que planchar la ropa de Utrillo, que no era más que un conjunto de harapos. El milagro se había producido. Mucho después, cuando André Malraux fue ministro de Cultura de De Gaulle tomó la decisión de quemar todos los falsos *utrillos* que había en París. La pira en la plazoleta de Ravignan de Montmartre llegó hasta los tejados. Fue el homenaje más importante que se ha hecho a un pintor en la historia del arte.

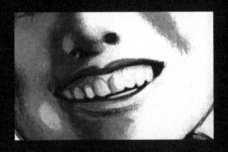

Zenobia Camprubí: una heroína en la sombra

Basta con verlos juntos a Zenobia y a Juan Ramón en cualquier retrato para percibir que aquella pareja tan dispar debió de convivir de forma muy atormentada pese a su educada compostura. En las fotografías de la época, los años de entreguerras, ella aparece con un diseño de señorita americana, siempre sonriente, rodeada de amigas de la buena sociedad, sombreros blancos, pantalones de pliegues, cintura de Coco Chanel, zapatos con hebillas y un gesto por el que se le escapaba un alma feliz. En cambio, el poeta transmite una sensación adusta, con el aire ensimismado, vestido de oscuro, la barba negra, triste el gabán, la mirada aviesa, el rostro cetrino, una figura que en su tiempo El Greco habría incorporado como personaje al entierro del conde de Orgaz.

El padre de Zenobia era un fino ingeniero catalán, Raimundo Camprubí, quien durante uno de sus trabajos en San Juan de Puerto Rico conoció a Isabel Aymar, la que sería su mujer, de ascendencia mitad italiana mitad estadounidense, de una familia mercantil adinerada, bilingüe en castellano y en inglés. Zenobia Camprubí nació en 1887, en Malgrat de Mar, un pueblo de la costa catalana donde sus padres pasaban las vacaciones en el verano. Era la menor de tres hermanos, todos educados en Harvard. Zenobia fue instruida por tutores particulares en Barcelona y a los nueve años la madre, recién divorciada de un marido vicioso del juego y arruinado en la Bolsa, se llevó a su hija a Nueva York. Zenobia vivió a expensas de la familia materna. Estudió en Columbia, fue inscrita en el Club de Mujeres Feministas, comenzó a escribir cuentos, participó en actividades culturales y filantrópicas según el más riguroso estilo de las élites neoyorquinas. Regresó a España en 1909 y con ese mismo espíritu liberal se instaló la joven con su madre en Madrid, donde en compañía de matrimonios americanos asistía a conferencias en la Residencia de Estudiantes, en el Instituto Internacional de Señoritas fundado por Susan Huntington, en el Lyceum Club junto con Victoria Kent, y se dejaba ver en las fiestas que daban los Byne en su piso de la calle de Gravina. En una pensión con pared contigua a esa casa vivía Juan Ramón Jiménez, y una noche a través del tabique de su habitación el joven poeta oyó al otro lado una risa femenina que le subyugó, de la cual no lograría evadirse en mucho tiempo.

Juan Ramón Jiménez procedía de una familia de pudientes vinateros de Moguer y probablemente había sido un niño feliz, también de risa clara, pero muy pronto aprendió a hacerse el enfermo para conseguir toda clase de mimos de criadas y nodrizas y salirse siempre con su voluntad. Creció rodeado de atenciones y cuando en 1900 llegó a Madrid con diecinueve años ya había dado señales de ser un poeta superdotado, bajo la influencia de Bécquer y de Rubén Darío. Pero no se trata aquí de analizar su obra poética, sino de saber cómo se produjo el choque y ensamblaje entre aquellas almas tan dispares.

Juan Ramón ya había pasado por algunas crisis nerviosas, que se acentuaron cuando en 1901 falleció su padre, una muerte que pocos años después acarreó la ruina económica a su familia. Durante la adolescencia se había permitido todos los caprichos de estudiante rico en Sevilla e incluso pudo aliviarse de una neurosis depresiva en el sanatorio de enfermedades mentales en Castell d'Andorte, en Burdeos, a cargo de un doctor afamado. En este establecimiento desarrolló sus primeras dotes de artista enamoradizo seduciendo a algunas enfermeras. Después, en sucesivas recaídas que pasó en la clínica del Rosario en Madrid, llegó incluso a enamorar a una monja, unas aventuras eróticas que trasladó a sus versos. Se trata de saber cómo este ser de alma melancólica, huraña y abstraída pudo darle alcance a una caza tan selecta y risueña como era Zenobia.

A partir de 1911 Juan Ramón ya era un poeta admirado. Vivía en la Residencia de Estudiantes y allí acudió la paloma una tarde de primavera. El poeta la abordó al final de una conferencia y la risa de la muchacha ante sus requiebros le recordó a la que había sonado aquella lejana noche de fiesta a través del tabique de la pensión. Cuando el poeta supo que aquella carcajada procedía de la misma alma quedó rendidamente enamorado, pero ella se mostró esquiva a sus requerimientos, un poco antiguos y formales. Juan Ramón comenzó a acosarla con versos cada vez más puros, más encendidos, más directos, que la obligaron a huir a Nueva York como última resistencia y hasta allí la siguió el poeta. La obsesión llegó hasta el punto de tener que casarse con él, hecho que sucedió en la iglesia católica de St. Stephen en marzo de 1916. Durante la travesía en barco por el Atlántico, Juan Ramón descubrió el mar, un golpe tan contundente como el que le produjo el amor. De esa experiencia salió uno de sus mejores libros, *Diario de un poeta recién casado,* la ida y vuelta de un fino alcotán en busca y captura de su amada, el viaje de novios a Boston y el regreso a España con todos los vaivenes del corazón.

A partir de ese momento el gozoso tormento de Zenobia consistiría en atemperar con su admiración por el poeta el carácter agrio, enfermizo y atravesado del hombre que no hacía sino cortarle las alas. Juan Ramón no hallaba inspiración sino en la quietud y el silencio. El poeta hilaba los versos de oro en una habitación acolchada sin poder soportar a su alrededor ni siquiera las risas de Zenobia con sus amigas, y para mantenerlo incontaminado e inmune a las adherencias de la vida vulgar la mujer se impuso la obligación, como un destino, de buscarle la subsistencia. Montó una tienda de objetos populares conseguidos de anticuarios de los pueblos de Castilla, se dedicó a decorar apartamentos para alquilarlos a diplomáticos extranjeros y ella misma fregaba las escaleras. Cuando le preguntaban por Zenobia, el poeta contestaba no sin cierta displicencia: «Por ahí anda, entretenida con sus pisos». Después de traducir a Tagore al inglés, la mujer había dejado de escribir. Había sacrificado el propio talento literario al de su marido, sin duda más elevado, y en adelante se limitó a enmascarar la amargura que le producían sus continuas depresiones con la propia alegría innata, siempre dispuesta a levantar el ánimo de aquel ser misántropo que le había tocado en suerte.

A partir del exilio de la Guerra Civil Zenobia comenzó a escribir sus diarios, que inició en La Habana en 1937 y que ya no dejó hasta pocos días antes de su muerte. En sus páginas escritas en inglés y en castellano da cuenta de sus quehaceres cotidianos, zurcir la ropa, recibir clases de cocina, ahorrar hasta el último centavo, salir de compras, visitar las cárceles, enseñar a leer y a escribir a las presas mientras Juan Ramón se pasaba el día tirado en la cama. «A Juan Ramón no se le puede dejar solo en absoluto. ¡Él es queridísimo aunque me vuelva loca!» Un día tiene que comprar un hornillo eléctrico porque J. R. tiene frío por la noche y le dura hasta la mañana, otro día ya no puede más y está dispuesta a abandonarlo. Reconoce que haber nacido con la disposición de J. R. ante la vida es un serio problema para su vitalismo porque él sólo encuentra alivio parcial en el aislamiento. De La Habana a Nueva York, luego a Miami, hasta recalar en Puerto Rico sólo para que se sintiera a gusto al oír el sonido de su idioma. Zenobia se había llevado al exilio un cáncer contraído en 1931. Fue operada en Boston. En las sucesivas recaídas ya no pudo ser atendida por los médicos amigos. Prefirió seguir a Juan Ramón, vencida su última rebeldía. Murió en la clínica Mimiya de Santurce en San Juan de Puerto, el 28 de octubre de 1956, tres días después de enterarse de que le habían concedido el Premio Nobel a su marido. Antes, en el lecho de muerte, con una rosa blanca en la mano había dado las instrucciones oportunas para el bienestar futuro de su poeta.

Wittgenstein: Decid a los amigos
que he sido feliz

Una tragedia no es que se muera tu abuela a los ochenta y cinco años en una mecedora, sino soportar dos guerras mundiales en tu propia casa y que durante la paz se suiciden a tu alrededor varios hermanos y a uno de ellos, pianista de gran fama, tengan que cortarle un brazo. Karl Wittgenstein, judío vienés converso, rey del hierro y del acero, heredero de una dinastía de grandes financieros del Imperio Austrohúngaro, tuvo con su mujer Leopoldine ocho vástagos, a cuál más tronado: Kurt, Helene, Rudi, Hermine, Hans, Gretl, Paul y Ludwig. Fue una familia marcada por la locura y el dinero en una época en que la dulzura de los violines del Danubio comenzó a ser sustituida por los timbales de Wagner y éstos terminaron siendo los cañonazos, que reducirían a escombros el pastel de dioses, atlantes y ninfas de mármol del fastuoso palacio de los Wittgenstein en Viena donde en tiempo de esplendor se daban cita Sigmund Freud, los músicos Brahms, Strauss y Mahler, el pintor Klimt, el poeta Rilke, el escritor Robert Musil y otros seres divinos atraídos por la mano dadivosa del mecenas.

Entre los ocho hermanos Wittgenstein, sólo dos sobrevolaron las convulsiones de su inmensa fortuna. A Paul lo salvó el piano, pese a ser manco, y a Ludwig la filosofía del lenguaje, que ejerció como un profeta evangélico. Los seis vástagos restantes desbarrancaron en disputas y cuchilladas domésticas, bodas de conveniencia, pactos dementes, sanatorios psiquiátricos, quiebras y suicidios, hasta que el destino los disolvió en el basurero de la historia, no sin antes obligarles a entregar gran parte de sus empresas, como chantaje, a los nazis, quienes al final dieron por bueno que esta familia de conversos tenía un antepasado que fue un príncipe ario en el siglo XVIII y así se libró del campo de exterminio.

El 1 de diciembre de 1913, a los veintiséis años, Paul debutó como concertista de piano en el Grosser Musikverein, en cuya Sala de Oro estrenaron sus obras Brahms, Bruckner y Mahler. Desde allí se transmiten los valses y las polcas de Año Nuevo. El auditorio tiene 1.654 butacas. La familia compró todo el aforo para llenarlo sólo con los amigos dispuestos a aplaudir a toda costa. Pero Paul tenía talento. De hecho, cuando en la Gran Guerra un mortero se le llevó por delante el brazo derecho, Maurice Ravel le compuso el famoso *Concierto para la mano izquierda*. Y con una sola mano siguió Paul interpretando con éxito piezas propias y las que el preceptor ciego Josef Labor componía para él exclusivamente.

Pero de aquella saga de reyes de la siderurgia austriaca fue Ludwig, el último de los hermanos, el que salvó el apellido Wittgenstein y lo hizo célebre al elevarlo a la cumbre de la filosofía hermética. Había nacido en Viena en abril de 1889. Hasta los catorce años fue educado en su palacio con preceptores y desde este espacio insonorizado pasó a un centro de Linz donde tuvo a Hitler como compañero de pupitre. En 1908 su padre lo mandó a Manchester a estudiar aeronáutica y allí diseñó un ingenio de propulsión a chorro para la aviación. A través de la ingeniería se adentró en las matemáticas hasta desembocar en la filosofía y esta pasión le llevó a conocer a Bertrand Russell en Cambridge. Ambos quedaron mutuamente imantados. Russell lo adoptó como discípulo y le animó a escribir filosofía, y después de asombrar a todos con el primero de sus aforismos: *El mundo no es todas las cosas, sino todos los hechos,* a Wittgenstein le dio un brote de misantropía, se fue a Noruega y se estableció en una cabaña para pensar en soledad.

De aquella nota surgió su famosa obra *Tractatus Logico-Philosophicus,* un libro de setenta páginas, de apenas veinte mil palabras, que revolucionó el pensamiento analítico del lenguaje. Lo escribió entre cañonazos en las trincheras de Italia durante la Gran Guerra, en la que se había alistado como voluntario, y logró salvarlo mediante cartas que mandaba a Russell desde Montecasino, donde permaneció como prisionero. Era un texto críptico. Para unos positivista lógico, para otros ético, para otros místico. En plena guerra Ludwig había comprado en una librería de Tarnow, un pueblo a cuarenta kilómetros de Cracovia, el único libro que había en los estantes. Era *El Evangelio abreviado* de Tolstói. Le causó tanta impresión que lo llevó siempre consigo durante la contienda y en el cautiverio, hasta el punto que estructuró su *Tractatus* en seis partes, exactamente igual, como Tolstói, en forma de pensamientos, de cuya enigmática complejidad le sobrevino la fama.

Terminada la guerra a Ludwig Wittgenstein le dio otro brote de misantropía y donó toda su fortuna a dos de sus hermanas y en 1920 se convirtió en maestro de escuela en pequeños pueblos de Austria. Su rigor le trajo problemas con los padres de algunos alumnos a los que azotaba de forma inmisericorde si erraban en matemáticas. Para eludir la justicia escolar, en 1926 abandonó la docencia y trabajó de jardinero en un monasterio, pero aburrido de podar rosales, en vez de suicidarse como era tradición en su familia, volvió a Cambridge, donde su *Tractatus* era estudiado como un devocionario, y allí desembarcó en medio del grupo de Bloomsbury, una dorada pandilla de evanescentes esnobs que se movían entre el cinismo intelectual, el escarceo con el Partido Comunista, la ambigua sexualidad y el placer del espionaje soviético. Pese a ser tímido, tenso y tartamudo, según la descripción de su amigo homosexual John Niemeyer, a los cuarenta años Ludwig parecía un joven de veinte, con una belleza propia de los dioses, rasgo siempre importante en Cambridge, con los ojos azules y el pelo rubio, como un Apolo que hubiera saltado de su propia estatua. Lo rodeaba una especie de santidad filosófica, un aura misteriosa que expandía también cuando comenzó a dar lecciones de lógica en la universidad. Un grupo reducido de fervorosos alumnos le seguía como a un profeta y no les preocupaba no entenderle, les bastaba con estar cerca y asistir al espectáculo de su pensamiento. Daba las lecciones de lógica en su propia habitación sin usar texto ni notas; se limitaba a pensar en medio de un silencio meditativo que interrumpía para interrogar a sus discípulos. Cuando las clases le agotaban se iba al cine a ver películas del Oeste en primera fila o leía novelas de detectives y cuentos de hadas. Le tenían como a un Jesucristo revolucionario porque había comenzado a estudiar ruso y programaba para sí mismo irse a vivir a la Unión Soviética con su amante Francis Skinner, veintitrés años menor que él. En 1935 visitaron juntos Moscú con idea de establecerse allí. Pero desistieron de ello debido a la dictadura estalinista. Los alumnos de los cursos 1933-1934 y 1934-1935 hicieron circular los apuntes tomados en clase y que después de su muerte verían la luz con los nombres de *El cuaderno azul* y *El cuaderno marrón*.

Con la anexión de Austria por Alemania renunció a su nacionalidad y adquirió la británica. Pero la rutina formal académica le hastiaba. Renunció a su cátedra y en 1947 abandonó Cambridge y se dirigió a Irlanda. Allí residió en el interior de otra cabaña en Galway junto al mar. Durante un viaje a Norteamérica comenzó a tener problemas de salud y, al regresar a Inglaterra, se le diagnosticó un cáncer de próstata, que se negó a tratarse.

Los dos últimos años de su vida los pasó con sus amigos de Oxford y Cambridge trabajando en cuestiones de filosofía hasta su muerte, que sucedió el 29 de abril de 1951 en Cambridge, en casa de su médico, el doctor Bevan, donde residía como huésped. Antes de perder la conciencia le susurró: «¡Dígale a los amigos que he tenido una vida maravillosa y que he sido feliz!».

Pavese: la muerte tiene ojos
color avellana

La escritora Natalia Ginzburg regresó a Turín siete años después de que su amigo Cesare Pavese se hubiera suicidado. Turín era la ciudad donde se habían conocido de jóvenes, habían trabajado juntos en la editorial Einaudi, tal vez se habían enamorado en secreto. Viejos tiempos, otros días, otros juegos. Después de la tragedia de la Segunda Guerra Mundial, que se había cebado con su familia, Natalia volvía desde Londres con su segundo marido y apenas cruzó el vestíbulo de la estación de Porta Nuova se dirigió a la plaza porticada de Carlo Felice. Llena de melancolía, percibió que la ciudad seguía oliendo a hollín, que los comercios y los cines mantenían los mismos nombres, allí estaba también el puesto de helados rosas y blancos, que le recordaban los días felices de su niñez, pero ahora había trolebuses y algún paso subterráneo nuevo.

La escritora se detuvo ante la puerta del albergo Roma, situado bajo las arcadas de la plaza, y decidió entrar. Detrás del mostrador encontró a la mujer de siempre, una hija de la familia que había regentado este humilde hotel desde hacía más de cien años. En el angosto recibidor todo seguía igual. Los dos radiadores, la moqueta roja, los dos pequeños sillones raídos, el espejo velado. La mujer de la recepción conocía el pasado de Natalia Ginzburg y supo enseguida el motivo de la visita: «La habitación que busca es la 346, está en la segunda planta», le dijo. Subió agarrada a la barandilla metálica de la escalera y una criada le abrió la puerta con una llave que se sacó del bolsillo del delantal. En aquella habitación el tiempo también se había detenido. Estaba intacta, tal como la dejó la muerte, con el aire estancado. La misma cama estrecha con cabecera de hierro, el perchero, la silla, la mesa de madera, el teléfono negro colgado en la pared, la lámpara de plástico en la mesilla de noche, la cortina de la ventana. Nadie había tocado ninguno de estos enseres desde entonces, hacía siete años. La escritora comenzó a llorar.

Un sábado, 26 de agosto de 1950, Cesare Pavese dejó la casa de su hermana María, con la que vivía, y se dirigió al albergo Roma con un maletín en el que no llevaba ninguna prenda de ropa sino un solo libro, *Diálogos con Leucó*. La humedad que liberaba el río Po envolvía en un calor pegajoso de final de verano la ciudad desierta. El poeta acababa de sufrir el último desaire amoroso, pidió habitación y una vez instalado en ella realizó tres llamadas de teléfono mientras la oscuridad de la tarde se instalaba en la ventana. Se oían escapes de motocicletas que cruzaban la plaza. El poeta tal vez imaginó que cada una de aquellas máquinas llevaría en el trasportín a una muchacha feliz de regreso del campo después de darse con su novio un revolcón sobre la hierba, como había descrito en uno de sus poemas. «La muchacha, sentada, se acicala el peinado / y no mira al compañero, tendido, con los ojos abiertos.»

No obtuvo ninguna respuesta a sus tres llamadas, el último hilo que le unía a la vida. El poeta se descalzó, se tendió en la cama con la camisa blanca y el traje oscuro, se aflojó el nudo de la corbata y los pies pálidos, desnudos, formaron dos alas dispuestas a volar. Pocos días antes había confesado en una carta a su amiga Pierina que nunca se había despertado con una mujer al lado, que nunca había experimentado la mirada que dirige a un hombre una mujer enamorada. Ni siquiera había tenido el amor maternal, que cualquier niño merece. Su madre Consolina había tratado siempre con un rigor absorbente a su hijo Cesare, el menor de cinco hermanos, tres de ellos ya muertos, y le había transferido los traumas que ella había sufrido con su marido, quien en el lecho de muerte pidió ver por última vez a una vecina, que había sido su amante, y ella se negó a dejarla pasar. Esta escena cargó la neurosis del adolescente hasta convertirlo en un ser introvertido, solitario, negado para la amistad y a la hora de conquistar a una mujer tampoco le ayudaba su rostro ceniciento, su carácter agrio y pesimista y al mismo tiempo excesivamente enamoradizo.

Natalia Ginzburg admiraba su obra, había sido su confidente y tal vez uno de sus amores frustrados. Nacida en Palermo en 1916, hija del judío Giuseppe Levi, profesor de medicina, perseguido por sus ideas antifascistas, su familia se trasladó a Turín, donde Natalia se casó con el historiador Leone Ginzburg, de origen ruso, cofundador de la editorial Einaudi, también encarcelado por su ideología, confinado en un pueblo de los Abruzos y finalmente, torturado hasta la muerte en la cárcel de Regina Coeli en 1944 por los nazis. Pavese y Natalia habían sido compañeros, camaradas, amigos antes de la guerra. Se veían todos los días en la editorial, donde él trabajaba de lector y traductor. Natalia conocía todos sus avatares amorosos. Primero fue su pasión por Battistina Pizzardo, activista del Partido Comunista. Ella se sirvió de su amor para usarlo de correo en la clandestinidad y gracias a este favor el enamorado fue a la cárcel y luego desterrado a Brancaleone Calabro. Allí escribió el libro de poemas *Trabajar cansa,* pero al volver a Turín se encontró a Battistina, la mujer de la voz ronca, casada con un antiguo novio.

Pavese había conseguido librarse de ir a la guerra por ser asmático y terminada la contienda, afiliado al PCI, siguió trabajando en la editorial Einaudi, escribiendo novelas y enamorándose equivocadamente. Esta vez el fracaso lo obtuvo de Bianca Garufi, otra escritora, empleada en las mismas oficinas y con la que publicó un libro creado a medias. La relación fue tormentosa. Frente a la cama que la muerte dejó hecha en la habitación 346 del albergo Roma, Natalia Ginzburg pensó que su amigo nunca tuvo esposa, ni hijos, ni casa propia. Lo recordó terco y solitario, amante imposible, siempre enamorado, escribiendo en los cafés llenos de humo alguno de aquellos versos: «Los dos, tendidos sobre la hierba, vestidos, se miran a la cara, entre los tallos delgados la mujer le muerde los cabellos y después muerde la hierba». El último amor que lo arrebató de la vida fue el que mantuvo con la actriz norteamericana Constance Dowling, ex amante de Elia Kazan, de la que quedó colgado durante un rodaje en Roma. Le ofreció matrimonio, pero la rubia que fue famosa por sus ojos de avellana se casó con otro. ¿Ojos color de avellana? Fue a esta mujer a la que el poeta dedicó el verso más famoso que han ido repitiendo desde entonces todos los amantes desesperados: «Vendrá la muerte y tendrá tus ojos».

El despecho le obligó a escribir en su diario: «Todo esto da asco. Basta de palabras. Un gesto. No escribiré más». De hecho, no cumplió su palabra porque en el albergo Roma, un momento antes de tomar varios tubos de barbitúricos, de aflojarse el nudo de la corbata y de tumbarse en la cama con el traje oscuro y los pies desnudos, había escrito en una página en blanco del libro *Diálogos con Leucó:* «Perdono a todos y a todos pido perdón. No chismorreen demasiado».

Natalia Ginzburg pensó que su amigo había elegido morir esa tarde de agosto tórrido como un forastero, cuando ninguno de sus amigos estaba en la ciudad. No fue necesario abandonar la cama, sólo el alba como su última amante entró en el cuarto vacío. Al día siguiente era domingo y las campanas de Santa María tocaron a misa sobre el cadáver del poeta y los fieles acicalados al salir a la plaza compraban helados rosas y blancos a sus niños. Siete años después de aquello, allí frente a la cama vacía, Natalia Ginzburg, su amor secreto, se secaba las lágrimas.

John Huston: escapar
y no volver nunca a casa

En la biografía de un escritor hay un momento en que la fascinación por la literatura se une e incluso se rinde a la mitología del cine. A los dieciséis años un día me escapé de casa en tren a Valencia. Fue una huida corta, un vuelo gallináceo que duró veinticuatro horas con una sola noche. Después de perderme por las calles nocturnas de la ciudad, de colarme en algunos garitos, de ir al circo americano en la plaza de toros, me metí en el cine cuya fachada tenía los cartelones más grandes y en ellos a todo color aparecía un enano con monóculo de cordoncillo y unas bailarinas de cancán con los pololos encabritados en el aire. Era *Moulin Rouge*, de John Huston. Desde entonces este director se erigió en uno de los fantasmas de mi libertad. Lo llevo asociado a un sabor de fugitivo, de estar fuera de la autoridad moral del padre, y al castigo que me esperaba al volver al hogar. Con el tiempo adoré también a Toulouse-Lautrec, interpretado por José Ferrer, como el pintor que sirvió de gozne a la pintura moderna, a quien Picasso le robó la inspiración. Son experiencias que sólo se aprenden en pecado. Ninguna Isla del Tesoro me proporcionó tantos latidos convulsos en las sienes como aquella fuga que recaló de madrugada en la cama de una pensión maloliente de la calle Pelayo, junto a la estación, donde dormí en la misma habitación con un borracho que era un viajero de paso.

La terraza de casa en el pueblo daba a un jardín de balneario donde se había instalado el cine de verano. En aquellas noches calmas de los años cincuenta bajo las estrellas la sonoridad era perfecta, todas las pasiones, los tiros, los gritos, los susurros de amor de los personajes me llegaban muy nítidos, pero subido a un pequeño pilón desde la terraza sólo se podía ver poco más de media pantalla. Todas las películas prohibidas por la censura para los menores de edad las vi agazapado, una mitad con imágenes y otra mitad con la imaginación. Cuando Glenn Ford le arrea la bofetada a Gilda me quedé sin ver la mano, sólo pude intuir su chasquido cuando ella vuelve el rostro y nada más. Otro filme que marcó uno de aquellos veranos en que tumbado en una hamaca leía *Crimen y castigo* fue *Un lugar en el sol,* también desde la terraza de casa. Montgomery Clift, en esmoquin, jugaba al billar a solas en un salón y Elizabeth Taylor rondando la mesa trataba de seducirlo. Ella se sumergía alternativamente en la mitad invisible de la pantalla y yo oía su voz insinuante que me obligaba a recrear su boca, sus ojos, su rostro pronunciando cada palabra y él pasaba a la oscuridad de la celda antes de ir a la silla eléctrica. A la luz del día leía a los rusos, a Camus, a Gide, pero ninguna fantasmagoría literaria me proporcionaba el morbo de saltar de la cama de noche cuando mis padres ya estaban dormidos y en pijama con pasos blandos esconderme en la terraza para ver partidas en dos todas las películas prohibidas, los gritos ensangrentados de Jennifer Jones en *Duelo al sol,* las metralletas de la noche de San Valentín, el huracán de Cayo Largo. Otra vez John Huston. Me fascina todavía la vida apasionante de este cineasta. Cuenta en sus memorias: «Tuve cinco esposas: muchos enredos, algunos más memorables que los matrimonios. Me casé con una colegiala, una dama, una actriz de cine, una bailarina y con un cocodrilo». Se dedicó a la caza, a apostar en el hipódromo, a criar caballos de pura raza, a coleccionar pintura, a boxear, a escribir, a interpretar y dirigir más de setenta películas. De hecho, en mi mitología, antes de comprarme una trinchera parecida a la de Albert Camus yo quería ser como John Huston hasta el punto de que recién llegado a Madrid, antes de recalar en el café Gijón fui a la Escuela de Cinematografía de la calle Monte Esquinza para inscribirme en el examen para director de cine. Me recibió un ser con babuchas a cuadros que se estaba comiendo un bocadillo de tortilla. Nunca sería John Huston si permanecía un minuto más en aquel lugar.

Llegó un momento en que no tenía claro si debía gustarme más leer *El extranjero* de Camus o *Santuario* de Faulkner que ver *El halcón maltés*, *La Reina de África*, *El tesoro de Sierra Madre* o *El juez de la horca* en el cineclub. Sabía que un director de cine conocía a sus personajes de carne y hueso, mandaba sobre ellos, los manipulaba, los soportaba o admiraba, sabía de sus pasiones dentro y fuera de la pantalla. El cine se había apoderado de los sueños de la sociedad. Cuando en una película Clark Gable se quita la camisa y aparece con el torso desnudo se hundieron las empresas que fabricaban camisetas interiores. Hubo que sacar a Marlon Brando con una camiseta ceñida y sudada para que pudiera recuperarse la bolsa textil. Eso nunca lo hará un libro, pensé.

Pero sobre todo estaba John Huston. La mitología entre la literatura y el cine hizo síntesis con este cineasta cuando dirigió *Vidas rebeldes*. Marilyn Monroe ya era una muñeca derruida. Venía de los brazos cada vez más cansados de Arthur Miller. Llegaba al rodaje atiborrada de pastillas, sin ducharse, con el pelo grasiento y todo daba a entender que estaba en el tramo final con vistas ya al abismo. Arthur Miller había escrito el guión de aquella película para salvar su amor. Fue inútil. Bajo la dirección de John Huston estaba también Montgomery Clift con el rostro partido por la cicatriz de un accidente de automóvil, neurótico, alcoholizado, a punto de reventar como los caballos salvajes que llenaban la pantalla. Pero el primero en morir, apenas terminado el rodaje, fue Clark Gable, al que se le reventó el corazón. Poco después el Nembutal terminó con Marilyn mientras se balanceaba hasta el pie de la cama el cordón del teléfono de la última llamada sin respuesta, que dio origen a la leyenda del asesinato. Montgomery no tardó en acompañarles. John Huston les sobrevivió sólo para poder dirigir ya en silla de ruedas y con un gotero en el antebrazo su obra maestra en homenaje a un genio de la literatura, su paisano irlandés James Joyce, basada en su cuento «Los muertos», de la obra *Dublineses*. Aquella cena de Navidad. Aquella canción que removió los posos del sentimiento de Greta. Su recuerdo de su primer amor de aquel adolescente en Galway. Los celos de su marido Gabriel en la habitación del hotel Gresham. La nieve que caía sobre toda Irlanda. Sobre todos los vivos y los muertos. La vida de John Huston había sido esnob y salvaje, llena de talento y de fascinación. Su momento estelar fue el haberse plantado ante la comisión del senador y haber dado la cara para salvar a sus amigos a costa de jugarse el pellejo. Después de dirigir *La Noche de la iguana* con Ava Gardner en Puerto

Vallarta, en México, se quedó a vivir en medio de la selva entre boas y mosquitos en una cabaña solitaria adonde no se podía acceder sino en canoa. Prometo que en la otra vida, si me vuelvo a escapar y veo *Moulin Rouge,* ya no volveré a casa. Haré lo imposible por parecerme siquiera al dedo gordo del pie de John Huston, aunque sólo sea porque fue el primer contacto que se produjo en mi imaginación entre los fantasmas que nacen de la psicosis del escritor y los personajes reales que se vuelven fantasmas en la pantalla.

Kahnweiler: una mina
de oro en París

Un joven judío alemán, de nombre Daniel-Henry Kahnweiler, nacido en 1884 en Mannheim, a la edad de veintitrés años alquiló un local de 16 metros cuadrados a un sastre polaco en la calle de Vignon, número 28, de París, pintó con sus propias manos el techo de blanco, cubrió las paredes con tela de sacos, colgó unos cuadros recién adquiridos en el Salón de los Independientes y esperó a que entrara el primer cliente en la tienda. No tenía ninguna experiencia en el mundo del arte. Pudo haber sido agente de Bolsa, como su padre, o heredero de los negocios de minas de oro y diamantes en Sudáfrica, propiedad de uno de sus tíos, Sigmund Neumann, en cuya empresa radicada en Londres libró este vástago sus primeras armas financieras apenas abandonó la adolescencia.

Corría el año 1907. El dilema se le planteó cuando decidieron enviarle de representante del negocio a Johannesburgo. No le atraía en absoluto esa clase de riqueza que consiste en extraer un tesoro del fondo de la tierra con un trabajo de esclavos para volver a guardarlo a continuación en la cámara acorazada de los bancos bajo las pistolas de unos guardias. El oro nunca aflora. Siempre está enterrado, de una tumba a otra. Se sentía artista. Abandonó las finanzas y la explotación de las minas de oro para ser músico, pero viéndose sin un talento extraordinario, un día se forjó una idea que no tuvo el valor de confesar a sus padres y que al principio puso en práctica de forma clandestina. Quería ser marchante de cuadros en París, con un propósito semejante al de director de orquesta. «Actuar como intermediario entre los artistas y el público, abrirles camino a los pintores jóvenes y evitarles las preocupaciones materiales. Si el oficio de marchante de cuadros tenía una justificación moral, sólo podía ser ésa», dijo medio siglo después en la cima de la gloria.

En 1904 la gente aún se burlaba o se crispaba ante los cuadros de los impresionistas. El joven Kahnweiler cruzó un día el Faubourg Saint-Honoré cuando unos cocheros detenidos ante el escaparate de la galería de Durand-Ruel, donde se exhibía un Monet, gritaban: «Hay que quemar esta tienda que expone semejante porquería». No obstante, los impresionistas ya comenzaban a ser caros, por eso decidió dedicarse a los pintores de su edad, objeto de toda clase de burlas. La gente iba al Salón de los Independientes a desternillarse de risa y a dar gritos de furor. En medio de aquel escarnio compró unos lienzos de Derain y de Vlaminck, pintores entonces desconocidos que vivían en la miseria, y poco después de colgarlos en las paredes de su tienda ambos artistas pasaron a saludarle. Fueron los primeros a quienes dio la mano. Pronto se corrió la voz por París de que había un jovenzuelo alemán que compraba cuadros de pintores que estaban empezando, un judío muy raro al que le gustaban las locuras de la última vanguardia.

Un día entró en su tienda un tipo con un aire poco común que le llamó la atención. Iba mal vestido, con los zapatos empolvados, era pequeño y rechoncho, con el pelo negro como un ala de cuervo volcada hasta la mejilla, pero tenía unos ojos que al marchante le parecieron magníficos. El visitante se puso a mirar los cuadros en silencio y se fue sin decir nada. Al día siguiente el joven misterioso volvió a la tienda de Kahnweiler acompañado de un señor mayor, gordo y barbudo. Miraron los cuadros y se fueron sin despedirse. El joven era Picasso y el viejo se llamaba Ambroise Vollard.

«Para que unos cuadros se vendan caros, han tenido que venderse muy baratos al principio», decía Picasso. Un historiador y crítico alemán, Wilhelm Uhde, amigo de Kahnweiler, le habló de aquel pintor y de un cuadro muy extraño que estaba pintando. Guiado por su olfato extraordinario, este marchante novato dio muy pronto con la guarida que tenía en Montmartre. Había allí un tinglado de madera, que los artistas llamaban el Bateau-Lavoir, por su semejanza con los barcos lavaderos de las riberas del Sena, que se extendía por la colina de la Rue de Ravignan, número 13. Estaba compuesto de compartimentos ocupados por pintores, que vivían en un grado de pobreza colindante ya de la miseria. Por una de las ventanas Kahnweiler vio a un joven moreno que estaba comiendo una sopa hecha con huesos de aceituna triturados. Se llamaba Juan Gris y después hasta el final de su vida sería uno de sus mejores amigos. En otro habitáculo pintaba otro joven muy atractivo, que en el futuro se llevaría de calle a las mujeres y a los coleccionistas. Se llamaba Georges Braque. En el camino por aquel infecto tinglado pasó junto a las ratoneras de Van Dongen y de un joven judío italiano, de nombre Modigliani, del escultor Brancusi, de Léger, del aduanero Rousseau y otros artistas desarrapados hasta llegar a la madriguera que le indicó una portera que vivía en la casa de al lado. La puerta estaba llena de papeles de avisos clavados con chinchetas: *Eva te espera en Le Rat Mort... Derain ha pasado por aquí.* Le abrió Picasso en mangas de camisa, despechugado y con las piernas al aire. Estaba en compañía de una mujer muy hermosa, Fernande, y de un perro enorme llamado *Frika.* Al ver a aquel joven Picasso recordó lo que le había dicho Vollard el día en que visitaron su tienda. «Pablo, a este chico sus papás le han regalado una galería de arte por su primera comunión.»

En el estudio de Picasso estaba un gran lienzo del que le habían hablado con escándalo. Era el cuadro *Las señoritas de Aviñón*. Kahnweiler observó el infecto desorden del estudio, no exento de ratas, y los papeles amontonados de dibujos que servían para encender la cocina y calentar la estufa en invierno. Derain le había comentado: «Cualquier día aparecerá Picasso ahorcado con una soga detrás de ese cuadro». No obstante, Kahnweiler veía que algunos lienzos estaban firmados con un *je t'aime* o *ma jolie* sobre bizcocho en forma de corazón, dedicado a su amante de turno. No le pareció que fuera tan desgraciado.

Los pintores del Bateau-Lavoir vivían en plena bohemia, se intercambiaban las amantes y modelos en aquel tinglado de madera donde reinaba una fiesta perenne de creación después de haber roto todas las reglas del arte. Kahnweiler tuvo una inspiración. De pronto le vino a la mente que aquel barco lavadero de Montmartre era una mina de oro y diamantes mucho más productiva que las de Sudáfrica y él tenía que ponerse al frente de esta empresa para sacar de la pobreza a aquellos mineros. Kahnweiler fue el que la descubrió bajo la razón social del cubismo y la hizo bendecir por los poetas

Apollinaire o Max Jacob para darle prestigio. Allí en 1908 se celebró el famoso banquete, entre la burla y la admiración, en homenaje al ingenuo aduanero Rousseau, para resarcirle de la broma con que le impulsaron a robar una estatuilla egipcia del Louvre, que le costó la cárcel. Allí se celebró también el hecho de que a Max Jacob se le hubiera aparecido Cristo en un vagón de tren.

«Vivir siempre como un pobre teniendo mucho dinero.» Ésta fue siempre la divisa de Picasso. Con él iba Kahnweiler a las tabernas que le recordaban los burdeles de Barcelona. Con Vlaminck compartía una barca en el Sena. Les compraba cuadros. Atendía todas las necesidades de Juan Gris, de Braque, de sus mujeres y amantes para que pudieran pintar en libertad. No había contratos, ni publicidad, ni exposiciones al público. En secreto les iba adelantando el dinero preciso hasta verlos salir de la miseria y adquirir la fama universal.

Como en las minas de oro y diamantes de Sudáfrica, Kahnweiler se hizo también famoso como descubridor de Picasso, de Braque y de Juan Gris. Escondió su tesoro durante la Primera Guerra Mundial y luego sobrevivió a la persecución de los nazis. Aquella tienda de la calle de Vignon evolucionó hasta transformarse en la galería Louise Leiris. Sin Kahnweiler no se podría entender la moderna historia del arte.

Alma Mahler, un óleo
expresionista de Kokoschka

Todos sus maridos y amantes fueron dóciles, los tuvo encelados a sus pies, a todos excepto al pintor expresionista Oskar Kokoschka, en quien esta mujer encontró un alma gemela, tan destructiva como la de ella. Había nacido en Viena, en 1879. Se llamaba Alma Marie y era hija de un pintor adinerado y mediocre, el judío Emil Jakob Schindler. Por su mansión, decorada a la manera oriental con jarrones japoneses, plumas de pavo real y tapices persas, desfilaban entonces muchas celebridades, y la adolescente Alma Marie las iba escogiendo al gusto. Comenzó desde muy alto, puesto que el primero que la besó, la desnudó, la dibujó y la conoció bíblicamente sobre un diván bajo un óleo de Delacroix fue el pintor Gustav Klimt. Después de Klimt vino el director teatral Burkhardt, a éste le siguió el profesor de piano Alexander von Zemlinsky y luego pasaron por su cuerpo otros amores volátiles. Finalmente se dispuso a ensayar la caza mayor y la primera pieza cobrada fue el compositor Gustav Mahler, de quien tomó el sacramento, el nombre y la fama. A este hombre, veinte años mayor que ella, le inspiró, le excitó, le sacó toda la creación hasta dejarlo exhausto y destruido por los celos con los primeros escarceos que tuvo en su presencia con el arquitecto Walter Gropius, fundador de la escuela de Bauhaus. Para remediarle la melancolía su mujer lo mandó al diván de Freud. Le añadió un tormento a otro. Cuando el psicoanalista le pasó la minuta de los honorarios de la primera sesión Gustav Mahler ya estaba en el panteón.

Después de la muerte del compositor, Alma Mahler desapareció de escena durante un tiempo, pero era una de esas criaturas que no pueden vivir sin respirar el oxígeno de la fama. Siguió coqueteando con Gropius, pero un día el pintor Kokoschka fue llamado a la mansión de Schindler para pintar un retrato y allí se encontró con la viuda de Mahler, joven, bella y enlutada, dispuesta otra vez a la guerra. Alma tenía treinta años y la primera víctima ya estaba en el mausoleo de los grandes hombres. Tras el almuerzo llevó al pintor a su gabinete privado, tocó al piano solo para él, según le dijo, la *Muerte de amor de Isolda* y allí mismo iniciaron una relación atormentada que duraría tres años hasta que sonaron los cañones de la Gran Guerra. Kokoschka era un joven pobre e inmaduro frente a una mujer acostumbrada al lujo, a vivir en palacios, a flotar por los salones, rodeada de servidumbre, pero dispuesta a servir de mecenas a un artista que estaba pintando con desgarro los aires premonitorios de la tragedia europea que se avecinaba. Acuchillar damas de la alta sociedad en los óleos y convertirlas en prostitutas pintarrajeadas con la boca rasgada por la depravación era la estética de aquellos expresionistas alemanes. Kokoschka se pintó a sí mismo abrazado a Alma Mahler, los dos ardiendo en el interior de una bola de fuego. De las mansiones a la sucia buhardilla del bohemio, ése era el destino que le propuso el artista. Fue la primera vez que ella se sintió dominada. La pasión le llenaba la vida, pero al mismo tiempo le cortaba las alas, la destruía por dentro, le cerraba cualquier horizonte. Los viajes al sur, a Nápoles, a las Dolomitas eran seguidos por largos encierros. Alma quedaba sola en casa y él se paseaba nocturnamente bajo la ventana como un perro guardián para impedir que se fugara.

Para salvarse del primer naufragio decidieron construirse con las propias manos una casita humilde en Semmering, en las afueras de Viena, pero la soledad empeoró las cosas. Alma no podía evitar los sueños de gloria, de elogios y miradas que había vivido en los teatros ni el sonido esfumado del cúmulo de aplausos que recibía después de los conciertos junto al compositor Mahler, su marido, incluso echaba de menos los comentarios venenosos de los salones de Viena. En cambio Kokoschka, un tipo duro, solitario y atormentado, necesitaba el silencio para crear. Odiaba a la sociedad, y celoso del mundo exterior trataba de aislar a su amante encadenada. Incluso se negó a que llevara a la nueva casa ningún recuerdo de Mahler, ni la escultura de Rodin, ni tampoco la mascarilla del compositor, que un día al descubrirla envuelta en un papel arrojó por la ventana. Mientras construían la casa Alma quedó embarazada. Tomó este hecho como una atadura añadida. Un lance expresionista acabó con la tregua furiosa que mantenía en vilo a la pareja. Un amigo de Alma Mahler, famoso biólogo, cuando sólo faltaba un día para que los amantes inauguraran la casa llenó un terrario con sapos escogidos del suelo húmedo de la nueva vivienda y del terreno pantanoso que la rodeaba. Lo instaló en el cuarto de baño para llevárselo al día siguiente al instituto de Viena, cerca del Prater. Kokoschka sacó furtivamente aquella noche la caja de vidrio y arrojó el contenido a un arroyuelo cercano. A la mañana siguiente, cuando Alma, embarazada, se asomó por primera vez a la ventana para contemplar el nuevo y espléndido paisaje vio el espantoso espectáculo de los batracios apareándose, los sapos unidos con sus ventosas gelatinosas a las hembras y todos acercándose a la casa en una impúdica comitiva.

Alma Mahler huyó llena de terror. Ingresó en una clínica de Viena y mandó que extirparan al hijo que llevaba en las entrañas. Fue el momento en que sucedió el atentado de Sarajevo y comenzaron a conmoverse los cimientos del Imperio Austrohúngaro. El trauma del aborto les forzó a la separación. Kokoschka se fue voluntario a la guerra y pronto cayó herido. Incluso cundió la noticia de que había muerto. Cuando el rumor fatídico llegó a sus oídos, Alma fue al estudio, recuperó todas sus cartas de amor y se llevó también un montón de dibujos, bocetos y cuadros del artista, que regaló después a unos jóvenes amigos. En 1915 Kokoschka se recuperaba de sus graves heridas en el hospital cuando se enteró de que su amante se había casado con Walter Gropius y que estaba de nuevo embarazada. Sólo así se puede ser pintor expresionista sin faltar a la estética.

Regresado a casa, finalizada la guerra, Alma Mahler ensayó algunas maniobras de aproximación hacia su antiguo amante. Fue la madre de Kokoschka la que reaccionó ante esta amenaza y se paseó con un supuesto revólver bajo la ventana de la diva. Unos la encontraban fascinante, otros, como su hija Anna, decían que desnuda parecía un saco de patatas. Voló muy alto. Con el compositor Mahler atravesó la música, con Walter Gropius sobrevoló la arquitectura, finalmente desembocó en el escritor Franz Werfel, con quien acabó fundida en la literatura. Tres maridos que le dieron vástagos, algunos de los cuales murieron trágicamente. Comparados con ella, todos sus hombres fueron almas elevadas, sensibles pero débiles, y esta dominatriz se complació en verles atormentados por los celos, a todos excepto a Kokoschka, que fue el único que consiguió a su vez destruirla por dentro, acuchillada en los óleos, quemada con un viento de fuego. Era esa clase de mujer que fecunda a los hombres, una mantis religiosa que luego se los come, con el mismo ahínco furioso con que la rusa Lou Andreas-Salomé devoró a Rilke, a Nietzsche, a Freud y a otras piezas de semejante calibre. Las dos mujeres llevaron vidas cruzadas.

Alma Mahler huyó de los nazis con su último marido el escritor Franz Werfel y se establecieron en Nueva York, donde ella siguió reflejándose en todos los espejos hasta que murió clandestinamente en 1964. Alma Mahler entró en el consumo del supermercado cultural por la película *Muerte en Venecia*, cuya banda sonora está poseída por el *adagietto* de la *Quinta Sinfonía* de Mahler, que el músico compuso bajo la melancólica pasión que esta mujer le había provocado.

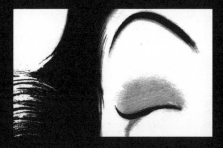

Hedy Lamarr: el éxtasis y la aguja

Hedwig Eva Maria Kiesler, conocida como Hedy Lamarr, fue tenida en su tiempo como la mujer más bella del mundo y ha pasado a la historia del cine por ser la primera actriz que se exhibió totalmente desnuda en la pantalla e interpretó un orgasmo con el rostro en primer plano. La película se llamaba *Éxtasis*. Fue rodada en Praga por el director Gustav Machatý, en 1932. Hedwig tenía dieciocho años. *Éxtasis y yo* es también el título de sus memorias eróticas, un libro escrito desde la inteligente amoralidad de una mujer fascinante, más allá del bien y del mal, donde cuenta uno a uno la cantidad de cuerpos masculinos, espléndidos, borrachos, idiotas, que rolaron sobre su alma a lo largo de su vida.

Hedy Lamarr, nacida en Viena en noviembre de 1914, hija de padre banquero y de madre pianista, ambos judíos, fue una chica superdotada que estudió ingeniería, pero atraída por la fascinación del teatro a los dieciséis años dejó las ciencias y se fue a Berlín a trabajar con el famoso director Max Reinhardt. Su extraordinaria belleza comenzó muy pronto a causarle más problemas que ventajas. Cuando de niña salía de casa para ir al colegio cada mañana la esperaba un exhibicionista distinto detrás de un arbusto con el gabán abierto, y siendo adolescente soportó varios intentos de violación, alguno de ellos consumado, por ejemplo el realizado por el novio de una amiga al que la propia amiga incitó para poder contemplar la violación mientras se fumaba un cigarrillo egipcio. Poseía un alma hipersexuada, según propia confesión, sin ningún complejo frente al placer, y pese a todo no comprendía por qué despertaba en los hombres sólo deseos carnales perentorios y ninguna admiración por su talento, que al parecer iba más allá de la belleza de su cuerpo. Aunque lo odió hasta la muerte, Hedy Lamarr siempre recordó que Hitler fue casi el único que le besó con delicadeza la punta de los dedos en aquellos salones donde esta inquietante judía se movía en los años treinta.

El rodaje de la película *Éxtasis* incluía una secuencia de diez minutos en que la protagonista debía atravesar desnuda la floresta de un bosque hasta sumergirse en un lago. El director le había prometido que las cámaras la tomarían de lejos, desde lo alto de una colina, con una imagen esfumada. Hedwig Kiesler, después de algunas dudas, aceptó, pero su cuerpo fue captado con teleobjetivo y apareció en pantalla a pocos metros de distancia. Después tuvo que interpretar la expresión de un orgasmo mientras el actor Aribert Mog encima de ella la besaba. En esta escena el director sólo consiguió un resultado aceptable apostándose debajo de la pareja y pinchándole las nalgas a la chica con un alfiler, de forma que el dolor le liberara un grito y un espasmo en el rostro que el espectador confundía con el éxtasis. Este orgasmo la hizo mundialmente famosa.

El magnate Fritz Mandl, uno de los hombres más ricos del mundo, propietario de las Hirtenberger Patronenfabrik Industries, una siderurgia que fabricaba municiones de guerra, comparable a la de Krupp, abducido por la belleza de la Hedwig pidió permiso a su progenitor para cortejarla, aunque de hecho la compró mediante una descarga erótica de joyas y oro macizo. Poco después se produjo el pase de *Éxtasis* en el festival de Venecia. Mussolini exigió ver la película en privado por el morbo que la acompañaba y precedida del escándalo se estrenó después en Viena ante un público cuajado de personalidades. En el patio de butacas estaban los padres de la estrella y Fritz Mandl, su flamante marido. Cuando empezó la proyección ninguno de ellos daba crédito a lo que veían sus ojos.

Rodeados de amistades de la más alta alcurnia austriaca, los padres contemplaban a su adorada criatura corriendo desnuda por un bosque hacia un lago donde se zambullía y luego nadaba de espaldas dejando sus pechos a flor de agua. Su marido, cuya prepotencia era similar al veneno de sus celos, asistía a esta función rodeado de los socios de su empresa, con la protagonista sentada a su lado. Todos podían ver a su joven y bellísima esposa interpretando el papel de una muchacha de diecisiete años, llamada Eva, que se había casado con un hombre mayor que no conseguía consumar el matrimonio en la noche de bodas. Una mañana un joven ingeniero llamado Adán espió a Eva mientras se bañaba en el lago. Ella había dejado las ropas atadas a la silla de una yegua, junto a otro caballo. Se destapa de repente una tormenta, los dos animales se desbocan, Adán trata de ayudar a Eva y ambos se refugian en una cabaña. Hacen el amor y en el orgasmo simbólicamente ella rompe su collar de perlas, el humo del cigarrillo trazaba una espiral alrededor de su cuello y ella simula gritar de placer porque en ese momento el director le pinchaba las nalgas con un alfiler. Los padres abandonaron el patio de butacas. A partir de ese día su marido encerró a Hedwig en casa bajo llave que guardaba la criada, sólo permitía que se bañara en su presencia y cuando no la llevaba de fiesta, a las reuniones sociales donde la exhibía como una pieza de caza, la dejaba atada al pie de la cama como a una perra.

Durante los dos años que duró este secuestro, Hedwig Eva Maria tuvo tiempo de reemprender los estudios de ingeniería y puesto que asistía con su marido a reuniones, cenas y viajes en los que se trataba de nuevas tecnologías para armamentos, ella por su cuenta inventó una fórmula, el llamado espectro expandido, una técnica de conmutación de frecuencias que posteriormente se usó para proteger la dirección de los misiles. Este invento de Hedy Lamarr fue patentado en 1940 y todavía hoy tiene aplicación. Hizo posible por primera vez la transmisión de señales secretas sin poder ser interferidas, se utilizó en Vietnam y en la crisis de los misiles en Cuba.

Para huir de su secuestro Hedwig tuvo que seducir y acostarse con la criada, quien le facilitó la salida del palacio una noche mientras el prepotente Fritz Mandl estaba de viaje. Llegó a París en automóvil, con un solo vestido, con los bolsillos llenos de joyas, perseguida por los guardaespaldas de su marido. Logró escabullirse hasta refugiarse en Londres y embarcarse en el trasatlántico *Normandie* rumbo a Nueva York y durante la travesía conoció y sedujo al productor de Hollywood Louis B. Mayer, de la Metro, y con él pactó su futuro. La protegió, la bautizó con el nombre Hedy Lamarr y la convirtió en una estrella.

Muchos la recuerdan por la película *Sansón y Dalila,* la única que le dio fama. Tuvo mala suerte. Rechazó el papel de protagonista en *Luz de gas* y en *Casablanca.* También estuvo a punto de rodar *Lo que el viento se llevó.* Aunque apareciera en pantalla siempre envuelta en sedas, era la primera mujer que los espectadores siempre veían desnuda. Se casó tres veces. Tuvo tres hijos. Atravesó innumerables cuerpos masculinos y femeninos, de maridos y amantes, galanes y productores. Uno le disparaba con el revólver sobre sus pendientes cuando estaba borracho; otro se fabricó una muñeca hinchable que era la réplica exacta de Hedy y la usaba cuando ella se negaba a complacerle, otro se acostó con la criada en la misma cama mientras Hedy dormía. Siempre era más inteligente que el hombre que la acompañaba y más hermosa que la mujer de su amigo. Fue la señorita más bella y rica de Viena, pasó a ser el animal más deseado de Hollywood, pero no la mejor actriz debido al lastre de su belleza. La cleptomanía la llevó varias veces a la cárcel. Tenía a sus pies a todos los millonarios del mundo, pero no podía evitar robar un cepillo de dientes en unos grandes almacenes. Algunos misiles disparan hoy bajo su nombre. Era aquella chica que le cortó el pelo a Sansón.

Montgomery Clift: combate
contra la máscara

Tenía los ojos grandes, grises, hipnóticos. Con una sola mirada podía expresar inteligencia, desesperación, cualquier anhelo o íntimo deseo en sucesiones rápidas, a veces superpuestas. Ése fue su poder. Hay que recordar la forma con que fijó sus ojos en Shelley Winters antes de asesinarla o la mirada de reojo llena de fascinación y de asombro al ver por primera vez a Elizabeth Taylor en la película *Un lugar en el sol.* Montgomery Clift era aquel soldado yanqui de *Los ángeles perdidos,* que salvó a un niño alemán extraviado entre los escombros de Berlín para devolverlo a la civilización, como una metáfora de la paz. Era aquel cura de *Yo confieso,* dispuesto a guardar contra la propia condena el nombre del asesino que le fue revelado bajo el secreto de confesión. Era aquel joven elegante y suave que esperaba a Olivia de Havilland con una expresión ambigua de cazadotes enamorado al pie de la escalera de su mansión de Washington Square, en la película *La heredera.* Era aquel marine obstinado que se negaba a boxear y que hizo sonar su corneta en un estremecedor toque de silencio en *De aquí a la eternidad*. No había en Hollyvood ningún actor al que le sentara tan bien el esmoquin, la sonrisa hermética y un whisky en la mano. Monty era tan condenadamente real en la pantalla —decía Fred Zinnemann— que la gente no creía que fuese un actor profesional. Todas las convulsiones del espíritu siguieron aflorando en sus ojos, aun después del accidente de automóvil que destruyó su bello e impenetrable rostro, pero el feroz combate entre su alma y la máscara había comenzado.

En aquel tiempo era el actor que disputaba el primer puesto a Marlon Brando. Los dos habían pasado por Actor's Studio. Cuando coincidían en las reuniones se creaba una gran expectación —decían las muchachas de la academia—. No sabían a quién de los dos mirar primero. «Marlon poseía un magnetismo animal y las conversaciones cesaban cuando se acercaba a un grupo; Monty, por su parte, era la elegancia personificada.» Los dos se vigilaban de cerca, se admiraban. Monty fue el primero en negarse a las normas de Hollywood que pretendían encasillarlo como un héroe romántico convencional.

El éxito suele ir acompañado primero de ansiedad, después llegan el insomnio, las pastillas, Nembutal, Doriden, Luminal, Seconal, las drogas potenciadas por el alcohol y finalmente aparece la atracción del abismo, que es la adicción más potente. Este trayecto lo recorrió Montgomery Clift a conciencia. Exhibía su homosexualidad como una sofisticada herida. «No lo entiendo, en la cama quiero a los hombres, pero realmente amo a las mujeres», decía. Con Elizabeth Taylor mantenía una relación íntima, en absoluto sexual. Al principio era suavemente alcohólico, suavemente drogadicto, con el control suficiente para atemperar la presión de la fama. Y estaba en la cumbre cuando se le atravesaron los dioses en su camino. Sucedió en el amanecer del 12 de mayo de 1956, después de una cena en la mansión de Liz Taylor en Coldwater Canyon, Malibú, adonde Monty había acudido con desgana, sin afeitarse siquiera, después de haber recibido cinco llamadas de su amiga que insistía en verle aquella noche. Había muchos amigos. Allí estaba Rock Hudson, Kevin McCarthy, Jack Larson. Bebieron. Pusieron discos de Sinatra y de Nat King Cole. Bailaron. De madrugada la bruma que ascendía del océano hasta las colinas de Bell Air se enroscaba en la tortuosa carretera de bajada hasta Sunset Boulevard. Después de la fiesta Monty, bastante bebido, se sentía incapacitado para llegar a casa si el coche de Kevin McCarthy no iba delante para guiarlo. Hubo un momento en que su amigo vio por el retrovisor una nube de polvo. Monty había tenido un accidente. Kevin retrocedió en su ayuda. Llamó a Liz Taylor. Cuando llegaron los amigos al lugar del siniestro, a la luz de los faros encontraron la carretera llena de vidrios, el coche empotrado en un poste de teléfonos y el rostro de Monty aplastado contra el salpicadero. Liz Taylor trepó hasta el interior del vehículo, puso la cabeza de Monty sobre su regazo y la sangre le manchó el vestido de seda. Estaba vivo, pero tenía la nariz rota, la mandíbula destrozada, una profunda herida en la mejilla izquierda y el labio superior partido. Le habían saltado varias muelas y Liz tuvo que extraerle el resto de la dentadura incrustada en la garganta para que no se asfixiara.

Montgomery Clift sobrevivió al accidente y aún vivió diez años más, incluso un día le regaló a su amiga uno de aquellos dientes como recuerdo, pero realmente su muerte se produjo aquella noche mientras se desangraba en el regazo de Liz Taylor. En ese tiempo estaban rodando juntos *El árbol de la vida,* una película sobre la guerra de Secesión en la que la Metro había invertido cinco millones de dólares, su presupuesto más elevado hasta entonces. El rodaje iba ya por la mitad cuando ocurrió el accidente. Monty se convenció a sí mismo de que podía seguir. Si había perdido su hermoso aspecto, tendría que acomodarse a su nuevo rostro, eso era todo. La película se terminó ocultando las cicatrices de la frente, la parálisis de su mejilla izquierda, el labio superior partido. Toda la magia había pasado a poder de los maquilladores. En algunos planos aparecía todavía el antiguo ángel, en otros asomaba ya el futuro demonio. Seguiría siendo un excelente actor. Después rodó otras películas de éxito, *El baile de los malditos, Río salvaje, ¿Vencedores y vencidos?, Vidas rebeldes*. Al principio se consoló pensando que todos los dioses de mármol extraídos de cualquier ruina también tenían la nariz rota, la boca partida y la mandíbula destrozada y, no obstante, seguían siendo dioses.

El bello Monty Clift vivió hasta su muerte sin espejos, en casas con cortinas negras en las ventanas. En su camino hacia la destrucción necesitaba el alcohol cada día más duro, las drogas más fuertes, los amantes más perversos y también los cirujanos plásticos más diabólicos. En la bajada al infierno tuvo dos guías. Uno era Gilles, un joven francés de veintiséis años, esbelto, de ojos rasgados, diseñador, modelo, que le proporcionaba chicos del coro y atendía todos sus vicios hasta llevarlo al final de un largo camino de depravación al Dirty Dick's, un antro de la calle Christopher, famoso entre homosexuales portuarios, marineros y matarifes del mercado de la carne. En el Dirty Dick's había que apartar una cortina pesada, grasienta para entrar en un cuartucho oscuro donde sobre una mesa de quirófano se tendía Montgomery Clift para que unos rufianes, travestis con trajes de cuero, le escupieran, lo golpearan y orinaran sobre su rostro. Había una confusión de gritos como de pelea de gallos con apuestas, a la que sólo le faltaba una llamarada partida por una carcajada del diablo. La policía acudía a alguno de sus amigos. «Sáquenlo de ahí. Nosotros no podemos hacer nada sin un mandamiento judicial.» Cuando los amigos llegaban para rescatarlo, los curiosos que asistían a aquella representación gritaban que no se lo llevaran.

Otro conductor hacia el infierno se llamaba Manfred Von Linde, un cirujano sospechoso de haber matado a su mujer, un miembro falsario de la nobleza, barbilampiño, acompañante de viudas millonarias a bailes de sociedad, quien proporcionaba cadáveres a un famoso gabinete funeral de homosexuales de la Sexta Avenida. Allí por cincuenta dólares se podían tener relaciones íntimas con un fiambre exquisito. Este cirujano plástico operó el rostro de Monty en distintas sesiones en busca de su alma. No la encontró. *Freud,* dirigida por John Huston, fue una de sus últimas películas. Nunca nadie interpretó como este actor la lucha del inconsciente contra la propia máscara.

J. D. Salinger: cómo
se engendra un monstruo

No todos los escritores tienen la suerte de que un asesino, que acaba de cometer un crimen histórico, esté leyendo tu mejor novela en el momento de ser detenido. Es más. Hay que ser un autor privilegiado, bendecido por los dioses, para que el famoso asesino se llame Mark David Chapman, quien disparó cinco balas de punta hueca por la espalda a John Lennon, después de pedirle un autógrafo, en el vestíbulo del edificio Dakota de NY, el 8 de diciembre de 1980, y una vez vaciado el cargador del revólver 38 especial se siente tranquilamente en un bordillo de la acera a leer *El guardián entre el centeno,* esperando a que llegue la policía y en su descargo confiese que él no había hecho otra cosa que acomodar su vida a la de Holden Caulfield, protagonista de la novela. «Ésta es mi confesión», exclamó Chapman exhibiendo el libro, mientras era esposado.

Las ventas de la novela de J. D. Salinger, ya de por sí millonarias, se dispararon una vez más. Una nueva oleada de lectores asaltó masivamente las librerías al saber que la historia llevaba una carga suficiente como para borrar del mapa a John Lennon, héroe de una rebeldía en la que se reconocían varias generaciones de jóvenes. En ese momento J. D. Salinger había hecho de su fuga y anonimato una de las obras de arte que consagran definitivamente a un escritor. Vivía refugiado en una granja de Cornish y llegar hasta él era una misión tan difícil como encontrar un mono en Marte, siempre que el explorador fuera un periodista, biógrafo, crítico literario o editor, pero no una jovencita admiradora o una becaria dispuesta a ser pasada por las armas. Mark David Chapman había asesinado a Lennon buscando la fama; en cambio J. D. Salinger se había hecho extremadamente famoso por no querer serlo y haberse convertido en un ser invisible.

El escritor Salinger, el asesino Chapman e incluso el asesinado John Lennon tenían algo en común con Holden Caulfield, el protagonista de *El guardián entre el centeno,* un chaval de buena familia que se movía como un tornillo suelto en el engranaje de la sociedad neoyorquina de aquella época, cuando la gente se sentía feliz en medio de la plétora de tartas de frambuesa que trajo la victoria en la Segunda Guerra Mundial. Salinger, Chapman, Lennon, Holden, los cuatro habían sido adolescentes sarcásticos, rebeldes, inconformistas e inadaptados y se habían comportado con un desparpajo irreverente con los mayores, ya fueran padres, profesores o simples predicadores de la moral de consumo. Los cuatro fueron expulsados del colegio. Los cuatro odiaban los ritos, las costumbres y los gestos del orden constituido, para ellos todo el mundo era idiota, una actitud que en algunos acaba cuando desaparece el acné para convertirse en señores respetables, a otros les incita a escribir o a tocar la guitarra hasta transformarse en artistas y a otros les lleva a encargar un revólver por correo y usarlo contra el héroe de sus sueños. Los cuatro habían pasado por YMCA, la organización religiosa juvenil. Allí Mark David Chapman estuvo encargado de cuidar de los niños, un trabajo que ejercía a la perfección, hasta el punto de que le pusieron Nemo de sobrenombre; la misma y única aspiración manifestó también Holden Caulfield al final del relato, la de vigilar a unos niños mientras jugaban entre el centeno. En el YMCA un amigo le dio a leer a Chapman la novela de Salinger y el futuro asesino decidió ordenar su vida según la del protagonista mientras en Chicago tocaba la guitarra en iglesias y locales nocturnos cristianos.

Salinger nació en NY el 1 de enero de 1919, hijo de un judío llamado Salomón, descendiente a su vez de un rabino que, según las malas lenguas, se hizo rico importando jamones. En realidad Salomón Salinger fue un honrado importador de carnes y quesos de Europa. La compañía Hoffman, para la que trabajaba, estuvo envuelta en un escándalo, acusada de falsificar agujeros en los quesos de bola, pero de ese lío salió indemne Salomón, quien acabó viviendo en un lujoso apartamento de Park Avenue entre la alta burguesía neoyorquina. Allí el adolescente Jerome David Salinger comenzó a sacar las plumas. Después de ser expulsado del colegio McBurney entró como cadete en la academia militar de Valley Forge, donde empezó a escribir, iluminando el cuaderno con una linterna bajo las sábanas, unos relatos cortos que durante años mandó sin éxito a las revistas satinadas. Después ingresó en la Universidad de NY y siguió escribiendo, seduciendo a chicas adolescentes a las que a la vez despreciaba. Era un joven elástico, rico, inteligente, esnob y sarcástico. Se comportaba como el propio protagonista de su novela, el Holden Caulfield enfundado en un abrigo negro Chesterfield que envidiaban sus compañeros. Las chicas se volvían locas con él, mientras luchaba denodadamente por ser famoso, pero hubo una que le fue esquiva, Oona O'Neill, la hija del famoso dramaturgo, a la que escribió mil cartas de amor hasta que Charles Chaplin, cuarenta años mayor que ella, se la birló para hacerle seis hijos.

El caso de Salinger es sintomático. Ningún aprendiz de escritor luchó tanto por sacar cabeza buscando el éxito, nadie como él realizó tanto esfuerzo por colocar los relatos cortos en las revistas que habían consagrado a otros famosos escritores en cuyo espejo Salinger se miraba, Fitzgerald, Hemingway, Capote. A la vez nadie era tan quisquilloso y peleaba hasta la agonía con los directores de esos medios, *The Story, Saturday Evening Post, Bazzar's,* y sobre todo *The New Yorker.* Nadie buscó con tanto ahínco la fama y a continuación, al verse aplastado por ella, buscó refugio bajo tierra como si se tratara de un bombardeo cruel de una guerra ganada.

Antes de este tormento del éxito Salinger viajó a Europa pensando en hacerse mercader de quesos. Después se alistó en la Segunda Guerra Mundial. Participó en el desembarco de Normandía, mientras todo su carácter y experiencia se lo iba transfiriendo en la imaginación al personaje de ficción que lo haría célebre. En 1951 publicó *El guardián entre el centeno,* paradigma del desasosiego juvenil, y cuatro años después vino al mundo el monstruo que engendró la novela, cuando Salinger ya había huido del mundo, se había metido en un agujero y se había hecho discípulo de Jesús, de Gotama, de Lao-Tsé y de Shankaracharya hasta convertir su anonimato en una leyenda, una fuga que no le impedía degustar en secreto mujeres cada vez más jóvenes.

Chapman nació en Fort Worth, Texas, en 1955, cuando el protagonista Holden Caulfield empezaba a arrasar en todas las librerías. El padre de Chapman era un sargento de la Fuerza Aérea de Estados Unidos, y su madre, Kathryn Elizabeth Pease, era una enfermera. Él dijo que vivía con miedo de su padre cuando era niño. En la mañana del 8 de diciembre de 1980 Chapman salió del hotel Sheraton donde estaba hospedado, dejó su documentación en la habitación para facilitar el trabajo a la policía, se dirigió a una librería de la Quinta Avenida, compró la novela de Salinger y bajo el título añadió su firma a la del autor. La mañana del crimen el asesino había visitado el lago de Central Park, que estaba helado, y como Holden Caulfield, se había preguntado adónde habrían ido a parar los patos. Con el crimen no trataba sino de escenificar escenas de *El guardián entre el centeno*. Fue sentenciado a prisión entre los veinte años y la perpetuidad. Sigue encarcelado en Attica Correctional Facility, en Attica, Nueva York, después de haber sido denegada la libertad condicional en seis ocasiones. El monstruo en la cárcel y el autor de la ficción condenado por la fama a vivir bajo tierra hasta la muerte. Ésta es la historia.

Frank Sinatra: por el camino
más corto

La inexperiencia del ginecólogo que no supo manejar los fórceps al sacarlo del vientre de su madre hizo que a Sinatra le quedaran de por vida unas marcas en la mejilla, el vestigio de la dificultad con que llegó a este perro mundo. En Hoboken, un pueblo de Nueva Jersey, pegado a NY, al otro lado del río Hudson, donde nació el 12 de diciembre de 1915, los chavales de las bandas contrarias le llamaban «el cara cortada», un insulto que siempre acababa con una pelea en el barro. El pequeño Frankie era un tipo duro de pelar, un camorrista de mucho cuidado. Había abierto los ojos en medio de un aluvión de emigrantes recién llegados a América, italianos, polacos, alemanes, húngaros, judíos, apenas sin desbravar, cada uno en busca de la supervivencia. Entre las pandillas callejeras de Hoboken la guerra por la defensa del territorio siempre estaba abierta y la rivalidad comenzaba por hacerse con las chicas más guapas. «Eh, tú, *panini* de mierda, me voy a follar a tu novia», le escupía por el colmillo cualquier matón del bando contrario. La descarga no se hacía esperar y Sinatra, todavía barbilampiño, llegaba siempre hasta la extenuación en la reyerta. En cuestiones de celos era el que iba más lejos, hasta el punto de que no dejaba que ligara nadie con la novia que él ya había abandonado porque seguía considerándola de su propiedad. Su regla número uno: nunca salgas con la chica con la que yo me haya acostado, de lo contrario te buscarás un lío. Tenía un aspecto enclenque y desgarbado, pero en la cama era un superhombre, con un apetito insaciable, según se contaban unas a otras. Irascible, con todos los caprichos de hijo único muy mimado, a su modo era un tío legal. Cumplía la palabra, respetaba los pactos tramados en las aceras del barrio con otros chavales italianos que se habían juramentado en no dejarse llamar nunca *pepperoni* ni *macarroni* por un jodido alemán, polaco, húngaro o judío sin romperle la nariz. La actitud de sellar pactos con los amigos la incorporó Sinatra a su ADN y ya no la abandonó a lo largo de su vida.

En plena Ley Seca los padres de Sinatra abrieron un bar en la esquina de la Cuatro y Jefferson de Hoboken, regentado por su madre, la señora Dolly, famosa por sus arrestos, ya que el progenitor, el siciliano señor Marty, que era bombero, un hombre duro y circunspecto, tenía prohibido participar en esta clase de negocios. En ese bar llamado Marty O'Brien's se quebrantaban todas las normas contra el alcohol. A la barra acudían los *uomini d'onore,* hombres de respeto, mafiosos de medio pelo, con traje a rayas, sombrero borsalino, encorbatados, para hablar en voz baja de sus cosas ante una copa de matarratas adulterado. El joven Sinatra aprendió de ellos que siempre había un camino más corto para arreglar cualquier problema. No se trataba ni mucho menos de cortarle la cabeza a un caballo y dejarla entre las sábanas de alguien, pero un día aquellos camaradas de la niñez, Joey D'Orazio, Hank Sanicola y Rocky Giannetti, tuvieron que echarle una mano para romperle las piernas a un sujeto.

Aunque su padre lo consideraba un perdedor, por la vida golfa que llevaba en las aceras del barrio, Sinatra era un chico que quería ser alguien, por ejemplo, vocalista, y se decidió por este oficio contra la dura oposición de su progenitor, el buen bombero. «Frankie quiere cantar, Marty; pues déjale cantar, ¿vale? Entre los dos me volveréis loca», gritaba Dolly desde detrás de la barra del bar. En ese momento Bing Crosby era el amo del cotarro, con seis años seguidos en la cima de la popularidad. Sinatra comenzó cantando con grupos de aficionados en las fiestas y bailes del pueblo, y en cuanto sacó la cresta Harry James, sorprendido por su talento, lo llevó a su orquesta. Este músico no puso ninguna dificultad para que Sinatra su fuera hacia arriba en el camino irresistible del éxito. Tommy

Dorsey era en ese momento el rey indiscutible del *swing*, trompetista y trombonista fascinante, aunque de mal carácter, pero actuar en su banda era como tocar las estrellas con la mano. Sinatra firmó un contrato con él, si bien la ofuscación de la gloria le impidió reparar en la letra pequeña. Tommy Dorsey trincó a Frank Sinatra por los huevos, según propias palabras, con un contrato leonino. El cantante había firmado un papel en que se comprometía a pagarle a Tommy Dorsey el treinta por ciento de todas sus ganancias de por vida y el diez por ciento más para su agente, cantara donde cantara con cualquier orquesta o para cualquier discográfica, en cualquier lugar del mundo.

Sinatra acababa de desbancar a Bing Crosby. Aquellas chicas de falda plisada y zapato llano se ponían unos vaqueros y la camisa a cuadros para ir a un concierto de Sinatra y se arañaban las mejillas y gritaban y se desmayaban, un fenómeno que en Norteamérica se dio por primera vez. Fueron las chicas que inauguraron la histeria en torno a un divo, hasta el punto de recortar sus pisadas en la nieve, llevarlas a un congelador y guardarlas de recuerdo, ir detrás de las cenizas y colillas de sus cigarrillos, arrancarle los botones según los ritos del fanatismo.

Sinatra había creado una forma nueva de decir las canciones. Simplemente, por instinto, en vez de poner los ojos de borrego degollado en un punto inconcreto del salón, miraba una a una a las chicas que estaban bailando y personalizaba las letras como si cantara para cada una de ellas con el único destino de enamorarlas. Tanta gloria tenía un lastre. Un día quiso dejar de ser el chico de Tommy Dorsey y decidió separarse. Se lo comunicó a Dorsey con un año de antelación. «Escucha, amigo, tienes un contrato», le dijo Dorsey. «También lo tenía con Harry James», contestó Sinatra. «Yo no soy Harry James.» Las relaciones se envenenaron. Sinatra se largó sin más. En enero de 1942 Sinatra grabó sus primeros discos en solitario para la RCA, pero Tommy Dorsey le obligó a cumplir el contrato, de modo que mientras le llovían los dólares por todas partes y crecía la histeria a su alrededor, y las chicas gritaban y se arañaban y se desmayaban en sus conciertos, el cantante debía seguir pagando el treinta por ciento de sus ganancias, más el diez por ciento para el agente. Dorsey y Sinatra se demandaron mutuamente.

En las calles de Hoboken había aprendido una ley: siempre hay un camino más corto. «Encargaros de eso», dijo Sinatra a Hank Sanicola. Un día se presentaron en la oficina de Tommy Dorsey dos muchachos malencarados y le dijeron al maestro que iba a tener problemas si no liberaba del contrato a su amigo. Dorsey se consideraba un hombre duro, con un genio endiablado. Los echó a la calle. «A Dorsey sólo le falta un empujoncito.» Hank Sanicola trataba de que Sinatra no se enterara de nada. Lo suyo era cantar, enamorar, alcanzar las estrellas. Los matones volvieron poco después y sometieron a Dorsey a un dilema irrenunciable: o rompía el contrato o le rompían las piernas. En su presencia hubo de rasgar el papel.

Tommy Dorsey falleció repentinamente en 1956, mientras dormía. Aunque no lograron seguir siendo amigos, Sinatra siempre guardó un buen recuerdo de aquellos años, pese a la amarga experiencia de obligar a romper el contrato a un músico al que admiraba sobre todas las cosas. Un día incluso lograron tocar juntos y Sinatra grabó un álbum en su memoria.

Billy Wilder: todo el universo
en una frase feliz

«Mi exilio no fue una idea mía, sino de Hitler», dijo este genio de la ironía llamado Billy Wilder, nacido en 1906 en Sucha, Polonia, de origen austriaco. Prácticamente ya se ha escrito todo sobre este personaje: se trata de un referente del humor, del desparpajo, de la mordacidad y la gracia mezclada con el ácido sulfúrico, la única fórmula que tiene la inteligencia de lamerse las heridas. Sólo con las frases que pronunció este cineasta con cara de perro pequinés, de pie en los cócteles con un martini en la mano, sentado en su silla de lona en los platós de la Paramount o tumbado en las hamacas al borde de las piscinas de Beverly Hills, podría escribirse medio siglo de la historia de Hollyvood, la más feliz, la más cruel. Dijo una vez: «Del mismo modo que todo el mundo odia a Estados Unidos, todo Estados Unidos odia a Hollywood. Existe el profundo prejuicio de que todos nosotros somos tipos superficiales que ganamos diez mil dólares a la semana y que no pagamos impuestos; que nos tiramos a todas las chicas; que tenemos profesores en casa que dan clases a nuestros hijos de cómo subirse a los árboles; que cada uno de nosotros tiene dieciséis criados y que todos conducimos un Maserati. Pues sí, todo esto es verdad. ¡Aunque os muráis de envidia!».

Su nombre de nacimiento era Samuel, judío por los cuatro costados. Empezó a trabajar como periodista en Viena y luego fue cronista de cabaret en Berlín, por cuyos camerinos husmeaba sin desprenderse del sombrero tirolés ni del leve bastón, dos aditamentos de su personalidad que no abandonó nunca. Su afición al cine le hizo merodear también por los estudios UFA y como gusto secreto comenzó a comprar a precios de ganga grabados y acuarelas de los expresionistas alemanes, la pintura maldita del momento, la de Otto Dix, de Schiele, de Beckmann, de Grosz, de Kirchner, y el mismo olfato que tenía para el arte, lo usó también para detectar el peligro que se avecinaba. Huyó de los nazis en 1934 con parte de la colección que pudo transportar; se fue primero a París y a continuación siguió camino a Estados Unidos en compañía de Peter Lorre, con quien compartió habitación en los primeros tiempos de Hollywood. Su madre quiso quedarse en Viena. Murió en Auschwitz.

Es de sobra conocido su trabajo como cineasta. En Hollywood escribió sesenta guiones y rodó veintiséis películas. Consiguió cinco Oscars y unas veinte nominaciones. No hay título tras el que esté Billy Wilder que no nos haya subyugado. *Perdición, El crepúsculo de los dioses, Con faldas y a lo loco, El apartamento, Primera plana, Irma la Dulce, La tentación vive arriba.* Contra los que confunden lo solemne con lo profundo, Wilder nunca olvidó que el cine había nacido en un barracón de feria. «Si una película consigue que un individuo olvide por dos segundos que ha aparcado mal el coche, o que no ha pagado la factura del gas o que ha tenido una discusión con su jefe, entonces el Cine ha alcanzado su objetivo». Nunca usó efectos especiales ni rodó carreras de coches, pero sabía que para el público es muy aburrido que un hombre entre en casa por la puerta; en una comedia es preferible que entre por la ventana. Ésa es la sensación que daba, que a este mundo ha venido uno a divertirse. Cuando le propuso a Barbara Stanwyick ser la protagonista de la película negra *Perdición,* ella en el primer momento rehusó el papel. «Es demasiado duro, tengo miedo.» «¿Miedo? ¿Es usted un ratón o una actriz?», le preguntó Wilder. «Soy una actriz.» «Entonces, haga el papel.» De toda la mitología que rodea a este genio, particularmente me fascina la relación de amor-odio que mantuvo con Marilyn Monroe y su perspicacia como coleccionista de obras de arte, dos pasiones que vienen a ser casi la misma.

«Marilyn era esa carne que creías poder tocar con sólo alargar la mano, pero al contrario de lo que pensaba todo el mundo ella no quería ser un símbolo sexual, y eso la mató. Era una mezcla de pena, amor, soledad y confusión, pero tenía un problema más grave: se enamoraba con demasiada rapidez», decía Wilder. «Marilyn no necesitaba lecciones de interpretación; lo que necesitaba era ir al colegio Omega, en Suiza, donde se imparten cursos de puntualidad superior».

En la película *La tentación vive arriba,* la famosa escena rodada en Lexington Avenue en que la ventilación del metro le levanta la falda hasta el cuello fue contemplada por más de veinte mil curiosos, que al ver su rostro lleno de placer sensual le gritaban palabras lascivas, algo que puso extremadamente celoso a su marido Joe DiMaggio y fue el germen de su ruptura. Pero Joe DiMaggio era un caballero y no culpó a Wilder. Lo contrario que hizo Arthur Miller, quien le acusó de haber sido el causante del aborto que sufrió Marilyn después de rodar *Con faldas y a lo loco.* A Wilder le preguntaron los periodistas si iba a rodar más películas con Marilyn. «Lo he discutido con mi médico, con mi psiquiatra y con mi contable y me han dicho que soy demasiado viejo y demasiado rico para someterme de nuevo a una prueba semejante.» Esta salida irónica molestó a Arthur Miller. «Señor Wilder», le escribió lleno de cólera, «doce días después del rodaje Marilyn tuvo un aborto. Ahora que tiene usted en sus manos el éxito en gran parte debido a ella y también tiene garantizados los ingresos su ataque resulta despreciable». Wilder le contestó: «Señor Miller, la verdad es que la compañía envolvió a Marilyn entre algodones. La única persona que tuvo una falta de consideración con sus compañeros fue ella desde el primer día, antes de que mostrara el menor síntoma de embarazo».

Cuando Billy Wilder gozaba todavía de una gran vitalidad y su extraordinario talento estaba en plena ebullición dejó de hacer películas porque el seguro no le cubría el riesgo a causa de la edad, pero Wilder sobrevivió dos décadas a este escarnio y todo ese tiempo lo dedicó a divertirse comprando arte, obras de Picasso, de Matisse, de Balthus, de Rothko. No quiso adquirir a ningún precio la famosa litografía del rostro de Marilyn realizada por Andy Warhol, como uno de los iconos de Norteamérica. Con haberla poseído de cerca en el plató como actriz de carne y hueso ya era bastante. Una colección de arte es como un río, decía Wilder, hay que dejarla fluir para que se renueve, de lo contrario, si se remansa, forma un estanque, se pudre y comienza a generar algas. Compraba y vendía. Dio pruebas de una sagacidad fuera de lo común a la hora de moverse entre las galerías, tanto más que en los estudios de la Paramount. Pero un día su fina nariz percibió que el globo estaba a punto de estallar. Pocos meses antes de que la crisis hundiera el mercado del arte, cuando la pintura estaba en la cresta de la especulación salvaje, en 1989, llevó toda su colección a la sala de subastas de Chistie's. Consiguió treinta y dos millones de dólares, más dinero del que había ganado en toda su carrera de cineasta. Pasada la crisis volvió a comprar parte de esos cuadros a mitad de precio, pero sólo porque le causaba placer. Más allá de Auschwitz, a este mundo ha venido uno a divertirse y a empujar con la yema del dedo la aceituna hacia el fondo del martini mientras resumes el mundo y la existencia con una frase feliz. *Fuck you.* Billy Wilder murió a los noventa y cinco años de una neumonía en su casa de Bervely Hills y está enterrado en el mismo cementerio a unos pasos de las cenizas de Marilyn.

Yves Montand: dinamitero
con un cigarrillo en los labios

Toda la Resistencia Francesa contra los nazis se puede resumir en esta secuencia cinematográfica: un tipo solitario de pie, apoyado en su bicicleta, fuma un cigarrillo junto a los raíles del ferrocarril; lleva un periódico doblado bajo el brazo que tal vez le sirve de contraseña; pasa un tren de mercancías con un pitido desgarrado y poco después se oye una gran explosión no muy lejana; a continuación empieza a sonar la voz de Yves Montand entonando la canción de los partisanos en honor al camarada dinamitero que ha hecho saltar el convoy por los aires; el jefe de estación le guiña un ojo; el tipo monta en la bicicleta y se aleja canturreando.

La gente de mi generación, que bailó muy amarrada *Las hojas muertas* y tomó el primer calvados en el Barrio Latino oyendo al acordeón *Bajo el cielo de París,* tampoco podrá olvidar mientras viva la cara de pánico de Yves Montand cuando conducía por un camino impracticable aquel camión cargado con bidones de nitroglicerina para apagar el fuego de un pozo petrolífero en la película de Clouzot, *El salario del miedo,* rodada en una jungla de Centroamérica. Luego Yves Montand, que venía de los brazos amorosos de Édith Piaf, aquella gata malherida que le enseñó a cantar con un romanticismo extremadamente seductor la canción partisana *Alla mattina appena alzata, o bella ciao, bella ciao,* enamoraría a todos los progresistas cuando su amigo Jorge Semprún escribió para él guiones de películas, que rodó Costa-Gravas, de dictadores patibularios con gafas negras, donde se oían golpes rudos de cerrojos de celdas y muchos gritos de torturas al fondo de la galería.

Se llamaba Ivo Livi. Había nacido en 1921 en Monsummano Alto, un pueblo italiano de la Toscana, hijo de obreros antifascistas, que tuvieron que emigrar a Marsella huyendo de Mussolini. El chaval dejó la escuela a los once años, trabajó en varios oficios humildes hasta que un día apareció cantando con su amante Édith Piaf en bares nocturnos y en garitos de mala muerte. Era un flaco de piernas largas e iba de duro sentimental cuya voz parecía salir de una garganta avezada a ese anís fuerte que toman los camioneros al amanecer. Las chicas de entonces doblaban el cuello sobre el hombro de sus novios cuando bailaban sus melodías y los progresistas se alegraron al ver que se casaba con la judía Simone Signoret, hija de rojos, cuyo progenitor exilado en Londres, entró en París con De Gaulle. En 1955 Simone Signoret fue protagonista de *Las diabólicas,* un film de terror que no ha sido superado todavía. Yves Montand y Simone Signoret eran de los nuestros, formaban una pareja de antifascistas que se enmarcaban dentro el compromiso político, según el santoral de Sartre. No cabía imaginar ninguna manifestación antifranquista en el París de Saint-Germain sin ellos detrás de la pancarta. Los progresistas de entonces no estaban dispuestos a permitirles ninguna frivolidad.

Pero Yves Montand ya era famoso cuando se fue a Nueva York a actuar en un musical de Broadway. A Marilyn Monroe le gustaban sus canciones, sabía que venía de una familia pobre como ella, admiraba su compromiso social y sobre todo el hecho de que se pareciera físicamente a su viejo amor, Joe DiMaggio, fue la causa de que no cejara en su empeño de enamorarlo. «Junto con mi marido y Marlon Brando creo que Yves Montand es el hombre más atractivo que he conocido jamás», manifestó en un brindis la estrella. Nuestro galán estaba sentenciado. Para un progresista europeo, amante de la Nouvelle Vague, Marilyn era sólo una bomba sexual y encarnaba dentro y fuera de la pantalla a la rubia tonta, aunque en ese momento estaba casada con Arthur Miller, el primer intelectual de Norteamérica. El año 1960 rodó junto a Yves Montand *El multimillonario* y en la película Marilyn representaba la imagen de esa chica oxigenada de clase media que usaba prendas de nylon y cosméticos, un pastel de carne accesible a cualquiera con sólo alargar la mano, una gelatina con muelles, como la definía Jack Lemmon, que quiere pescar a un caballero adinerado europeo, indefenso frente a las armas de mujer, un hecho que sucedió dentro y fuera de la pantalla, con el escándalo de los devotos de Godard.

Su matrimonio con Miller pasaba por una etapa tormentosa. Durante el rodaje de la película las dos parejas se habían instalado en unos apartamentos contiguos y comunicados dentro de los jardines del hotel Beverly Hills en Los Angeles. Después de una bronca Miller se había largado a Irlanda para escribir el guión de *Vidas rebeldes,* que rodaría John Huston. Por otra parte, en abril Simone Signoret tuvo que ir a Hollywood para recibir un Oscar por su película *Un lugar en la cumbre* y a continuación debía volver a París para cumplir otro contrato. Yves Montad y Marilyn se quedaron solos. En este caso la tentación no vivía arriba, sino en el bungalow de al lado, separado por un mismo vestíbulo. Hay que imaginar la inminente explosión que iba a producirse entre una mujer desolada, llena de dudas, necesitada de amor y un mujeriego acostumbrado a esta clase de capturas. A la Signoret le habían dado el Oscar, pero Marilyn tenía a Yves. La escena se produjo una noche de mutuo insomnio después de una jornada de rodaje aburrido, del cual ambos se sentían avergonzados, dada la humillante inanidad de la historia. Yves Montand, en pijama, se acercó al dormitorio de Marilyn para darle las buenas noches, se sentó en el borde de la cama y entre ellos se estableció un diálogo anodino. ¿Cómo estás? ¿Tienes fiebre? Descuida, me pondré bien. Ha sido un día muy duro. Me alegro de verte. Gracias por haber venido.

Para despedirse Montand fue a darle un beso en la mejilla y Marilyn volvió el rostro y sus labios enloquecieron. Esa noche comenzó una historia de amor que duró algunos meses. Una vez más, Marilyn necesitaba enamorarse perdidamente de cualquiera y Montand, una vez satisfecho su orgullo de gallo, quiso librarse de aquella mujer que le llamaba a cualquier hora de la noche, le perseguía por los aeropuertos y estaba dispuesta a resolver una vez más su desamor vaciando tubos de pastillas.

Marilyn Monroe, que sólo en apariencia representaba a la rubia tonta, siendo una actriz superdotada, acabó por hacer mundialmente famoso a Yves Montand, como antes había hecho a Arthur Miller. Los progresistas de París perdonaron a su héroe aquel lance de frivolidad y lo mismo hizo Simone Signoret después de las lágrimas, ofendida no tanto por la infidelidad de su marido como por la humillación del escándalo publicitario. Ya se sabe lo que pasa en los rodajes. Montand se redimió purificándose con Costa-Gravas. Volvió a ser aquel tipo que cantaba *O bella ciao, bella ciao,* con más convicción, la canción de los partisanos de Italia, su país de origen, contra el fascismo que se reprodujo con los coroneles griegos. Varias generaciones guardan en la memoria, junto con Melina Mercuri, Simone Signoret, Édith Piaf, la imagen de este divo que encarna la mitología de la Resistencia al que hay que imaginar bajo el cielo de otoño en París con una melodía de acordeón al fondo, caminando sobre las hojas muertas de los jardines de Luxemburgo. Murió en Senlis, en 1991. Está enterrado en el cementerio de Père-Lachaise, junto a Simone Signoret, a pocos pasos de la avenida de los Combatientes Extranjeros Muertos por Francia, pero en cualquier lugar del mundo seguirá pasando un tren y en una estación perdida siempre habrá un resistente apoyado en su bicicleta con un cigarrillo en los labios.

George Grosz: el niño
en la cámara de los horrores

Sus primeros recuerdos eran imágenes de la planta superior de la logia masónica que regentaba su padre, donde se decía que el esqueleto de un Maestro Venerable dormía el sueño eterno dentro de un ataúd. El pequeño George oía comentar en voz baja a sus amigos del colegio que los masones sabían el día y la hora exacta de su muerte. Eso sucedía en la pequeña ciudad de Atolp, en la región de Pomerania. Cuando murió su padre y la familia se trasladó a Berlín para buscarse el sustento, Georg Ehrenfried, conocido luego como George Grosz, siempre recordaría aquel paisaje de su niñez, el bosque, los prados, el río, los felices días de verano con olor a heno, y también las ferias con tómbolas, bailes y circos con payasos, que en su memoria iban unidos a los espectros de aquella siniestra buhardilla familiar y a la fantasía erótica de una noche en que a través de una ventana iluminada observó con la respiración contenida desde la oscuridad del jardín a una mujer joven, la madre de un compañero, que se desnudaba en su dormitorio antes de meterse en la cama con movimientos que le desvelaron por primera vez el misterio del cuerpo femenino.

A George Grosz le fascinaban los relatos de crímenes y sucesos macabros que los sacamuelas exhibían con grandes carteles e ilustraciones panorámicas en los días de mercado popular. En 1910 la sociedad alemana todavía estaba inmersa en los valores aristocráticos, la brutalidad no se había apoderado de la vida pública, la gente aún se compadecía si moría de frío algún vagabundo, por eso en la fantasía del pequeño George todavía había orden en las cosas y el niño se divertía con los primeros garabatos extraídos de las historias de indios y tramperos que describía Karl May, el autor más famoso de la época; se extasiaba ante los heroicos húsares de Blücher y los ataques de la caballería pintados por Röchling. Copiaba ingenuamente las batallas de la guerra ruso-japonesa que venían en las revistas, pero este placer de las cosas en su sitio daba paso a la inquietud morbosa que sentía en la cámara de los horrores cuando llegaba la feria donde presenciaba escenas espantosas. Estaba lejos de imaginar que un día no lejano esta crueldad ficticia sería real y se convertiría en una obsesión estética que ya no lo abandonaría.

La armonía de aquel mundo feliz de la pequeña ciudad de Pomerania fue siempre un sustrato de la memoria de Grosz cuando en 1909 ingresó en la Königliche Akademie de Dresde para hacerse pintor. En 1912 siguió los estudios en el Museo de

Artes y Oficios de Berlín, pero realmente George Grosz no tuvo maestros. Nunca le interesaron las lecciones de composición y perspectiva tal como se enseñaban entonces. El cubismo acababa de convertir la realidad en un montón de vidrios rotos. Eso mismo sucedía en la sociedad. No había más que mirar la calle. El artista perdió la ingenuidad rural y sirviéndose sólo de su propia virginidad en los ojos comenzó a ver el mundo que le rodeaba como una profusión de insectos humanos. Su primer dibujo se publicó en la revista *Ulk,* suplemento satírico del diario *Berliner Tageblatt.* En 1913 George Grosz se fue a París. Bajo la influencia de Toulouse-Lautrec y Daumier comenzó a realizar dibujos obscenos y provocativos con una mente despiadada y de regreso a Berlín se dedicó a absorber la tragedia que se avecinaba por medio de personajes deformados por los placeres hedonistas bajo una perspectiva oblicua que en sus cuadros generaba una sensación de caos. Vientres abotargados como cubas, piernas de mujeres ajamonadas, caballeros esqueléticos con pinta mortuoria amontonados en peluches de los cabarés. Imitaba los dibujos satíricos que se publicaban en la revista *Simplicissimus,* de Bruno Paul. Bajo la premonición de una guerra inevitable los ciudadanos berlineses se divertían. Y llegado el momento sobrevino la explosión de cadáveres. Los cuadros de los expresionistas alemanes, de Otto Dix, de

Schiele, Beckmann, Kirchner, comenzaron a tener sentido, pero Grosz era el más duro, el más sincero, el más suicida.

Como quien se apunta a una clase práctica para perfeccionar su estética, George Grosz se presentó voluntario cuando empezó la Gran Guerra, pero antes de que lo licenciaran por enfermedad, pasó por varios hospitales psiquiátricos donde, con una sensación de angustia parecida a la que sentía de niño en la cámara de los horrores de una feria, pudo comprobar que allí sus personajes de ficción, sus caricaturas y dibujos habían tomado carne y hueso.

Terminada la guerra sobrevino la locura de la inflación en la República de Weimar. Mientras se traspasaba el umbral de una tienda, antes de llegar al mostrador, un pollo había subido dos millones de marcos. «¿Qué es ese ruido que se oye?», se preguntaba la gente. «Son los precios que suben», contestaba alguien. Pero también se oían ritmos nuevos de jazz, se bailaba el charlestón y corría el champán mientras en la puerta de las iglesias y palacios se adensaban los mendigos como en la Edad Media. Grosz admiraba en ese tiempo al pintor Emil Nolde, un desaforado de la extrema izquierda política, que ni siquiera usaba pinceles para pintar. Se servía de trapos sucios empapados de óleo que refregaba contra los lienzos para dar a la vez una sensación de destrucción y de borrachera feliz. Ése era el camino. George Grosz unió su estética a la conciencia política radical. En 1918 se afilió al Partido Comunista Alemán. Trabajaba en la revista *Malik;* fue el promotor del movimiento Dadá. En 1920 su libro de dibujos satíricos titulado *Ecce Homo* había causado un gran escándalo, por el que estuvo procesado y condenado por blasfemia e inmoralidad, sentencia que le sorprendió mientras se casaba con Eva Peter. Cuando en 1922, después de ser nombrado presidente de la asociación de los artistas comunistas, realizó un viaje a la Unión Soviética donde conoció a Lenin y a Trotski, y pese al desencanto que le produjo la nueva tiranía unida a la miseria del pueblo, siguió con su ideología marxista hasta que la asfixia militarista que se producía en Berlín comenzó a incrustar en su mente un deseo de fuga hacia otra clase de paraíso. Para los nazis Grosz era el representante genuino del arte degenerado. Su obra fue quemada en público. Esa hoguera reprodujo la conversión.

A Grosz le funcionó la nariz con la que olfateaba un peligro inminente. Antes de que Hitler llegara al poder en 1933 el artista que con más brutalidad había desenmascarado el rostro de la clase dominante, de pronto, se encontró huido en medio de las calles de Nueva York, extrañamente feliz, rodeado de toda la mitología del mundo capitalista. Allí, durante una cena en un restaurante, tuvo una agria discusión con

Thomas Mann acerca del porvenir del nazismo. Thomas Mann, el ambiguo, le auguraba a Hitler sólo unos meses en el poder. Grosz presentía que era inminente una larga hecatombe. Casi llegaron a las manos.

La historia de George Grosz es la de un artista que encontró su genio en medio del mundo maciento, decadente y grosero de aquel Berlín de entreguerras y, una vez colocado en medio del esplendor del capitalismo de Nueva York, perdió la inspiración y sus cuadros comenzaron a amanerarse hasta resultar inexpresivos. Se encontró fuera de lugar, simplemente quería ser rico. En la mente de Grosz había penetrado otra clase de veneno que un día le hizo exclamar: «Hoy el dinero sigue siendo el símbolo de la independencia, incluso de la libertad. Cualquier idea puede ser más o menos engañosa, pero un billete de cien dólares es siempre un billete de cien dólares». Grosz se perdió en ese nuevo camino. Pero un día regresó a Berlín de vacaciones y murió de repente al caerse borracho por la escalera, como uno de sus antiguos personajes. Fue una tarde del 6 de julio de 1959 en que el destino le obligó a ser coherente.

Louis Althusser: no todos
los filósofos matan a su mujer

En su momento este terrible suceso se interpretó como el símbolo de la caída moral de una ideología. En la mañana brumosa y melancólica del domingo 16 de noviembre de 1980, en un apartamento de la Escuela Normal Superior, de la calle Ulm, de París, un filósofo de referencia, reconocido en todo el mundo, el último resistente ideológico del marxismo, estranguló a su mujer al pie de la cama. El imperio soviético era ya en esos años un baluarte carcomido en una fase de estancamiento que precedió a la bancarrota. En plena guerra fría los intelectuales franceses de izquierdas, escandalizados por la corrupción, por los crímenes estalinistas salidos a la luz o por haber superado una doctrina que creían periclitada, comenzaron a desertar, pero Louis Althusser resistía. Su pensamiento crítico trabajaba en dar salida y adaptar la filosofía de Marx al nuevo espíritu de la época. *Lenin y la filosofía. Para leer El Capital. Curso de filosofía para científicos,* eran libros que estaban en la biblioteca de cualquier universitario progresista.

Había nacido en Birmandréis, Argelia, en 1918. Sus primeros recuerdos eran de unos cerros lejos de la ciudad donde su abuelo materno, Pierre Berger, ejercía de guarda forestal, solo con su mujer y dos hijas, Lucienne y Juliette. Desde aquellas alturas se veía el mar y la vida era feliz y salvaje. Sobre aquella naturaleza tan limpia comenzó a desarrollarse esta turbia historia.

La familia Althusser tenía dos hijos, Louis y Charles. Lo domingos solía subir hasta la cabaña forestal de su amigo Pierre para que los niños jugaran con las niñas, mucho más pequeñas. Había gigantescos eucaliptos, un estanque, perros y caballos, limoneros y naranjos. Eran cuatro, siempre iban los cuatros niños juntos, crecieron juntos y llegado el momento los padres decidieron casarlos, Louis con Lucienne y Charles con Juliette, pero antes sobrevino la Gran Guerra y los dos hermanos Althusser fueron alistados y marcharon al frente, uno de aviador, otro de artillero.

En 1917 la joven Lucienne ejercía el oficio de maestra en una escuela cerca del parque Galland en la ciudad de Argel cuando Charles regresó del frente con un mes de permiso y trajo la aciaga noticia de que su hermano Louis había muerto en los cielos de Verdún, abatido su aeroplano durante una maniobra de observación. Lucienne quedó trastornada, pero Charles la llevó aparte a un rincón oscuro de un jardín y le propuso ocupar en su corazón el puesto de su hermano. Era guapa y deseable. En medio de una gran zozobra ella aceptó sustituirlo por su prometido y la ceremonia religiosa del casamiento se celebró en febrero de 1918, como un apaño entre las familias.

Según propia confesión, Lucienne se sintió violada en la noche de bodas, luego fue humillada con las juergas de su marido en las que dilapidó todos sus ahorros de maestra y luego supo que compartía su irrefrenable impulso sexual con una amante llamada Louise. El artillero Charles partió de nuevo hacia el frente dejando a su esposa violada, robada y trastornada. De esa convulsión nació el primogénito al que impusieron el nombre de Louis en recuerdo del que pudo haber sido su padre, un nombre que a Althusser le causaba horror, puesto que lo llevó siempre inscrito como una marca siniestra en el subconsciente, unida a la imagen de una madre mártir que le sangraba como una herida.

La figura del padre, un tipo alto, fuerte, autoritario, con un revólver disponible en el cajón de la mesa del despacho, profundamente sensual, devorador de carne sangrante en la mesa, comenzó a imponerse en la conciencia de su hijo Louis hasta anularlo. Muchos años después, a la hora de purgar la responsabilidad de haber estrangulado a su esposa Hélène, confesaría que, tal vez, en el fondo de su culpa estaba la traslación que su progenitor había operado en su delirio.

Louis Althusser era un buen estudiante. Su padre estaba orgulloso de él y al mismo tiempo lo tenía aterrorizado. Cuando en 1929 consiguió una beca le preguntó qué regalo quería. «Una carabina» —respondió el aprendiz de filósofo pensando en complacerle—. El subconsciente funcionó. Un día tuvo la idea de jugar a matarse con ese arma. La apuntó contra su vientre creyendo que estaba descargada. Iba a apretar el gatillo, pero, de pronto, desistió y luego comprobó que tenía una bala en la recámara sin saber quién la había metido allí. Aquel día comenzó a pensar por primera vez, lleno de pánico, que su padre deseaba su muerte porque había descubierto sus tendencias homosexuales.

El odio que el filósofo Althusser profesó a su padre a lo largo de toda su vida se debía al doble martirio que había infligido a su madre, violarla en el lecho por las noches y humillarla en público al galantear con sus amigas. Había dejado a Lucienne el hogar y los hijos, para él se había reservado el trabajo, el dinero y el mundo exterior.

Llegado el tiempo en que Althusser ya era un ser misántropo y paranoico, sobre este sustrato vital entró la figura de su mujer Hélène, condenada a soportar sus continuas depresiones. El martirio de su esposa se sobrepuso al de su madre. Se estaba repitiendo la historia. Frente al éxito intelectual del filósofo reconocido en todo el mundo, Hélène vivía condenada a un segundo plano, nadie preguntaba por ella, para los devotos y admiradores de su marido ella no existía. El hecho de que todas las llamadas fueran para él y ninguna para su mujer el filósofo lo llevaba como un suplicio entre la compasión y el desprecio. No obstante era Hélène la que lo llevaba al hospital, la que atendía a todas sus necesidades diarias mientras él sentía que estaba reproduciendo con su mujer el mismo tormento que su padre había ejercido con su madre.

Así transcurrieron los hechos, según propia confesión ante la policía, aquella brumosa y melancólica mañana del domingo 16 de noviembre de 1980. De pronto Louis Althusser se ve levantado en bata en su apartamento de la École Normale; eran las nueve de la mañana y en la ventana alta se filtraba una luz gris a través de unas cortinas viejas. Frente a él está su esposa tumbada de espaldas, también en bata, y sus caderas reposan sobre el borde de la cama y las piernas abandonadas le llegan hasta el suelo. El filósofo arrodillado ante ella se inclina sobre su cuerpo, le da un masaje en el cuello en silencio, como anteriormente le había dado masajes en la nuca, en la espalda y en los riñones, una práctica que había aprendido en el cautiverio nazi. Pero esta vez apoyó los dos pulgares en el hueco de la carne que bordea el alto del esternón y los llevó hacia la zona más dura encima de las orejas. El masaje le da una gran fatiga. El rostro de su mujer está inmóvil y sereno, con los ojos abiertos mirando el techo. Y de pronto, al filósofo le invade el terror, los ojos de Hélène están fijos y su lengua reposa entre sus dientes y sus labios. Ha estrangulado a su mujer. Lleno de pánico atraviesa los espacios desiertos de la École Normale gritando en busca de un médico.

Durante los diez años siguientes, mientras Louis Althusser, declarado no culpable, pasó por diversos psiquiátricos, el universo comunista entró en barrena. El intelectual resistente que había establecido las nuevas bases teóricas del marxismo murió en 1990, un año después de la caída del muro de Berlín, pero en realidad el hecho de que el filósofo marxista de guardia estrangulara a su mujer fue tomado como el símbolo de la violencia de una doctrina que ya estaba a punto de perecer a manos de la nueva filosofía.

Sobre el autor

Manuel Vicent, escritor y periodista valenciano, ha publicado en Alfaguara, además de *Tranvía a la Malvarrosa* (1994) y *Jardín de Villa Valeria* (1996) —recogidas junto con *Contra Paraíso* en el volumen *Otros días, otros juegos* (2002)—, *Pascua y naranjas* (1966), *Los mejores relatos* (1997), *Las horas paganas* (1998), *Son de Mar* (Premio Alfaguara 1999), *La novia de Matisse* (2000), *Cuerpos sucesivos* (2003), *Verás el cielo abierto* (2005), *Viajes, fábulas y otras travesías* (2006), *Comer y beber a mi manera* (2006), *León de ojos verdes* (2008), *Póquer de ases* (2009) y *Aguirre, el magnífico* (2011). Colaborador habitual del periódico *El País,* una selección de sus artículos están recogidos en *Nadie muere la víspera* (2004).

Este libro
se terminó de imprimir
en Madrid (España),
en el mes de abril de 2012

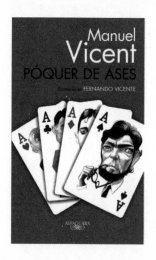

PÓQUER DE ASES
Manuel Vicent

La vida es un caos entre dos silencios, según Samuel Beckett; ningún sabor es comparable al del pecado, dice Graham Greene; para Joseph Conrad el mar es una moral; el ciego Borges sólo vislumbra la luz del ámbar; las páginas de Dorothy Parker liberan un humo de lejanas fiestas junto con el jazz, los martinis y las franelas blancas de Scott Fitzgerald; la culpa te convertirá en el escarabajo de Kafka mientras Bioy Casares se seduce a sí mismo ante el espejo y Virginia Woolf se adentra en el río con el abrigo cargado de piedras.

En este libro no hay retratos sino radiografías de grandes escritores contemporáneos. En ellas, si se miran al trasluz, como las placas de rayos X, aparecerá todo lo que nuestra memoria debe a su genio.

Alfaguara es un sello editorial del Grupo Santillana

www.alfaguara.com

Argentina
www.alfaguara.com/ar
Av. Leandro N. Alem, 720
C 1001 AAP Buenos Aires
Tel. (54 11) 41 19 50 00
Fax (54 11) 41 19 50 21

Bolivia
www.alfaguara.com/bo
Calacoto, calle 13 nº 8078
La Paz
Tel. (591 2) 279 22 78
Fax (591 2) 277 10 56

Chile
www.alfaguara.com/cl
Dr. Aníbal Ariztía, 1444
Providencia
Santiago de Chile
Tel. (56 2) 384 30 00
Fax (56 2) 384 30 60

Colombia
www.alfaguara.com/co
Carrera 11A, nº 98–50, oficina 501
Bogotá
Tel. (571) 705 77 77

Costa Rica
www.alfaguara.com/cas
La Uruca
Del Edificio de Aviación Civil 200 metros
   Oeste
San José de Costa Rica
Tel. (506) 22 20 42 42 y 25 20 05 05
Fax (506) 22 20 13 20

Ecuador
www.alfaguara.com/ec
Avda. Eloy Alfaro, N 33–347 y Avda. 6 de
   Diciembre
Quito
Tel. (593 2) 244 66 56
Fax (593 2) 244 87 91

El Salvador
www.alfaguara.com/can
Siemens, 51
Zona Industrial Santa Elena
Antiguo Cuscatlán – La Libertad
Tel. (503) 2 505 89 y 2 289 89 20
Fax (503) 2 278 60 66

España
www.alfaguara.com/es
Torrelaguna, 60
28043 Madrid
Tel. (34 91) 744 90 60
Fax (34 91) 744 92 24

Estados Unidos
www.alfaguara.com/us
2023 N.W. 84th Avenue
Miami, FL 33122
Tel. (1 305) 591 95 22 y 591 22 32
Fax (1 305) 591 91 45

Guatemala
www.alfaguara.com/can
26 avenida 2-20
Zona nº 14
Guatemala CA
Tel. (502) 24 29 43 00
Fax (502) 24 29 43 03

Honduras
www.alfaguara.com/can
Colonia Tepeyac Contigua a Banco Cuscatlán
Frente Iglesia Adventista del Séptimo Día,
   Casa 1626
Boulevard Juan Pablo Segundo
Tegucigalpa, M. D. C.
Tel. (504) 239 98 84

México
www.alfaguara.com/mx
Avda. Río Mixcoac, 274
Colonia Acacias, C.P. 03240
Benito Juárez, México D.F.
Tel. (52 5) 554 20 75 30
Fax (52 5) 556 01 10 67

Panamá
www.alfaguara.com/cas
Vía Transísmica, Urb. Industrial Orillac,
Calle segunda, local 9
Ciudad de Panamá
Tel. (507) 261 29 95

Paraguay
www.alfaguara.com/py
Avda. Venezuela, 276,
entre Mariscal López y España
Asunción
Tel./fax (595 21) 213 294 y 214 983

Perú
www.alfaguara.com/pe
Avda. Primavera 2160
Santiago de Surco
Lima 33
Tel. (51 1) 313 40 00
Fax (51 1) 313 40 01

Puerto Rico
www.alfaguara.com/mx
Avda. Roosevelt, 1506
Guaynabo 00968
Tel. (1 787) 781 98 00
Fax (1 787) 783 12 62

República Dominicana
www.alfaguara.com/do
Juan Sánchez Ramírez, 9
Gazcue
Santo Domingo R.D.
Tel. (1809) 682 13 82
Fax (1809) 689 10 22

Uruguay
www.alfaguara.com/uy
Juan Manuel Blanes 1132
11200 Montevideo
Tel. (598 2) 410 73 42
Fax (598 2) 410 86 83

Venezuela
www.alfaguara.com/ve
Avda. Rómulo Gallegos
Edificio Zulia, 1º
Boleita Norte
Caracas
Tel. (58 212) 235 30 33
Fax (58 212) 239 10 51